中国著名企业培训机构聚成资讯集团推荐优秀读本

世界500强企业基业长青的核心理念 中国企业打造卓越团队的首选读本

塑造优良作风，提升组织战斗力
感悟领军之道，打造企业常胜军

郑博文◎编著

沃尔玛、麦当劳、迪斯尼、希尔顿旅馆、花旗银行、惠普、索尼、联邦快递、美国杜邦、IBM、可口可乐、福特公司、联想、华为、万科、中信、慧聪等国内外优秀企业提升团队战斗力与业绩的核心理念。

作风是一支军队的灵魂，是一个军队优良传统与文化的结晶，正是它决定了一支军队的生命力和战斗力。让我们走进军队，感受其优良的作风，学习它的战斗精神，实现自我升级，决胜人生与职业的战场！

石油工业出版社

图书在版编目（CIP）数据

作风就是战斗力 / 郑博文编著 .

北京：石油工业出版社，2009.1

ISBN 978−7−5021−6850−6

Ⅰ. 作…

Ⅱ. 郑…

Ⅲ. ①企业−职工−修养 ②企业−职工−职业道德

Ⅳ. F272.92

中国版本图书馆 CIP 数据核字（2008）第 167894 号

作风就是战斗力

郑博文　编著

出版发行：石油工业出版社

　　　　　（北京安定门外安华里 2 区 1 号楼 100011）

　　网　　址：www.petropub.com.cn

　　编辑部：(010) 64523616　64523645

　　营销部：(010) 64523603　64523604

经　销：全国新华书店

印　刷：石油工业出版社印刷厂

2009 年 1 月第 1 版　2009 年 1 月第 1 次印刷

710×1000 毫米　开本：1/16　印张：13.5

字数：220 千字

定价：26.80 元

序言 ▶▶ Preface

在生活中，我们经常可以听到这样的对话："老张的生活作风不大好。""最近，小李的工作作风有了很大提高呵！""王局长是个老干部，工作作风优良。"就在2008年1月份的全国省区市人大、政府、政协换届选举之际，《人民日报》更是发表文章，呼吁"各级领导干部要以身作则，弘扬正气，模范地执行党的纪律，贯彻干部选拔任用条例，加强对换届工作的督导，以好的作风选人，选作风好的人。"（《人民日报》2008年1月12日）

那么，什么是作风呢？它又有何作用？

按照《现代汉语词典》的解释，作风就是一个人在"思想上、工作上和生活上表现出来的态度、行为"。像生活作风、工作作风、作风建设等词汇都是我们耳熟能详的，其中又以军队作风最为特殊。无限忠诚、绝对服从、纪律严明、艰苦朴素……这些共同构成了军队的作风、军人的气质。很多时候，我们提倡要加强作风建设，其实就是向军队学习，学习他们的优良作风，以建设自己的光荣传统。

个人有作风，团体也会有作风；军队有作风，企业也会有作风。就像衣食住行、花草雨露一般，只要有人的地方，就会有作风的影响存在。大教育家徐特立先生在《对青年人的几点希望》一文中，对作风的重要性给予了肯定："一个人最怕不老实，青年人最可贵的是老实作风。"杰克·韦尔奇则对作风在企业中的具体化——企业文化如此评论道："文化是企业无法替代的资本。……关系到如何指导组织行为，有难以估量的价值和意义。"可以说，好的作风能够带出一支好队伍，好的作风也可以带出一个好企业。

东方希望集团董事长刘永行有一回到韩国的西杰集团参观一家面粉厂，发现那儿只有66名员工，但每天处理小麦的能力是1500吨。而我们呢？七八十人，一天能加工处理250吨就不错了，实际日生产能力仅有人家的1/6！

I

是由于我们的设备不如人吗？不是，好几家的生产设备甚至比韩国的这家面粉厂还要先进。原因就在于，这些企业员工缺乏优良的作风，做事被动、纪律意识不强，还喜欢拖延。西杰集团也曾在内蒙古设立了一家分厂，设备比韩国本部的还要先进，但一样日处理250吨面粉的厂子里却有155个工人！

是中国人天生如此吗？恐怕也不尽然，要不然同样是中国人，怎么到了部队里、到了外企里就变成了另一幅景象呢？归根结底，还是企业的制度和风气出了问题。

其实，刘永行先生所看到的情形在当前的诸多企业中又何尝少见？许多企业做不强、做不大，做不成百年老店，就是因为有着诸多不良作风：执行不力、纪律松散、做事拖拉、爱找借口、心浮气躁、盲目扩张、爱讲排场……哪怕是名列世界500强的IBM也害怕作风不好啊，它的前总裁路易斯·郭士纳先生便感慨道："IBM公司的致命伤不是竞争对手，而是弥漫在企业各个阶层的自我封闭、妄自尊大和因循守旧的传统企业文化。"

有感于此，我们觉得应该引导中国企业向军队，尤其是中国人民解放军学习，学习他们的优良作风，从而改善当前这种不利的状况。企业员工要是也能像军队那样训练有素，招之即来，来之能战，战之能胜，又何愁企业的生产效率不高、竞争不过人家呢？本书即以军队的作风为着眼点，结合当前职场执行不力、效率低下、缺乏配合等不良现象，通过评析国内外一些向军队学管理的成功案例，引导企业建立适合自身的军事化管理思想，指导员工培养良好的工作作风、树立全新的职场理念。我们相信，企业只要有好的制度与文化，中国员工不比别人差，中国的企业也不比外国的差！

IBM的另一位前总裁小托马斯·沃森说："任何一个企业为了生存和获得成功，就必须拥有一套固定的理念作为制定政策和采取措施的行动前提。"这其实就是作风。在企业里加强作风建设，可以纠正员工遇事拖拉、爱找借口的毛病，提升员工的职业道德，从而为企业提高生产效率、提高产品质量、降低运营成本打下良好的基础。可以说，一个企业有强大的生产力和竞争力，是从好的作风开始的。对此，徐向前老前辈说得更加直截了当：作风就是战斗力！

是啊，当一个企业有了好的作风，又何愁不能兴旺发达呢？当一名员工有了好的作风，又何愁不能前途无量呢？在今天这个竞争激烈、略显浮躁的时代里，不妨让我们从向军队学习开始，从加强作风建设开始，打造一个强有力的商业军团吧！

目录 ▶▶ Contents

I

第二部分
军事化管理剖析：好作风如何养成

第四章　作风之愿景：目标明确，树立企业信念　/036

第三部分
军事化管理实战：作风如何转化为战斗力

第一部分

作风是所好学校：

培养好作风，提升现代企业战斗力

第一章

作风就是战斗力

▶ 作风是看不见的武器

遥想当年，解放军创立之初，不过是几个人，但凭着一个信念、一面旗帜，它挺直了脊梁，浴血奋战，克服了无数艰难险阻，战胜了无数穷寇强敌，最终走向了胜利。

还是这支军队，在进入和平时期以后，仍旧忠实地践行着"为人民服务"的宗旨，积极地参与国家的经济建设，漂亮地完成了一个又一个任务。从大庆油田的发现、开采到1976年的唐山大地震抗震救灾，从1998年的抗洪抢险到2008年奔赴四川的抗震救灾，人民解放军总是冲在最前面。他们迅速的反应机制、过硬的战斗能力、严明的军事纪律以及爱民的赤子情怀，给海内外人民留下了深刻而感人的印象。尤其在报道2008年四川地震的抗震救灾过程中，海外媒体的记者更是无数次地向中国人民解放军竖起了大拇指！

岁月不停地流逝，时代在不断地变化，中国人民解放军这个先后有4000余万人参加、目前有着230余万人规模的组织，其成员的足迹已遍布中国各个行业和世界各个角落，但这些成员对于人民解放军的忠诚和热爱始终如一，而组织教给他们的诸多品质也让他们受益终生。

中国人民解放军为何会有如何强大且持久的战斗力？现在的企业又应

该从中学习哪些东西呢？其实，管理企业与带兵打仗很相似，也需要很好地促成成员间的分工合作，提升他们的士气与团结精神，让他们成为一个执行有力、精诚团结的团队，以及保障成员们对组织的热爱与忠诚。从解放军身上，现代企业可以学到很多团队管理方面的东西，也可以学到那种忠诚、敬业、吃苦耐劳的精神。不过，最重要的还是要学习人民解放军的优良作风！

军队的作风是军队战斗力的直接体现，而企业的作风则是企业竞争力的直接体现。作风涣散、萎靡不振的团队不过是乌合之众，而作风过硬的团队才有可能像虎狼之师一样，无坚不摧，无往不胜，取得一流的战绩。

克劳塞维茨在他的《战争论》一书中多次阐述了胆略、勇气、士气、毅力、勇敢、机智、荣誉感等因素对战争胜负的影响，其中，他特别强调了"士气"的重要性："士气能使军队的实际力量成倍增强。"联想集团的总裁柳传志也认为："好的企业就像是一支军队，令旗所到之处，三军人人奋勇，进攻时个个争先，退却时阵脚不乱。"可见，加强作风管理对于提升军队和企业的战斗力都有着巨大帮助，而人民解放军堪称中国企业的"首席教师"。

徐向前元帅在《红四方面军的战斗作风》一文中说过，作风就是战斗力。……一支革命军队，也必须具有好的战斗作风，才能执行革命的政治任务，保存自己，消灭敌人。红四方面军的战斗作风，是在党的领导下从长期战争实践中锻炼出来的。战斗作风好，打仗过得硬，是这支军队的特点和优点之一，也是它能压倒一切敌人和困难而不被敌人和困难所屈服的重要原因之一。他还把红四方面军的战斗作风概括为五个字：狠，硬，快，猛，活！字字直指人民军队的成功要穴。

对于这一思想，军人出身的新疆广汇集团创始人、董事局主席孙广信深表赞同，他说道："对军人来说，没有拿不下来的山头，没有不敢啃的硬骨头。作战时只有攻其最弱，才能取得胜利。无论商场还是战场都是一样。""自古以来没有天上掉馅饼的事，有一份努力给一份回报，我是个军人，从作战角度来讲，当要完成什么任务的时候，要先去找它的薄弱环节。比如去攻破一个堡垒，我一定要找组成堡垒结构的结合点，这个结合点一定是它最薄弱的点，那是我的主攻方向，只要找准了这个点，就一定可以把它拿下来。"

作风是什么？它是侠客剑上无形的剑芒，甚至在一定程度上，它就是侠客手中无形的剑，练到极致，剑气亦能杀人。

作风是什么？它是部队锐不可当的杀气与霸气，甚至从一定意义上来说，它就是军人手中的先进武器，能够达到不战而屈人之兵的奇效。

作风是什么？它是企业在商界开疆拓土、所向披靡时所表现出来的那种气势与自信。我们甚至可以说，它就是产品本身。有了优良作风作保证，企业的生产效率自然就提升了上去，而运营成本则往下降。面对新的市场和竞争对手，一些企业能够挟胜利之余勇，在战略上藐视敌人，在战术上重视敌人，顽强奋斗、不屈不挠，寻找最佳的时机给对手以迎头痛击！套用时髦的话来说，企业文化中的"狼性"发作起来了！

许多企业家正是凭着这样一种优良作风，带出了一群骁勇善战的"官兵"；许多企业也正是凭着这样一种优良作风，攻克了一个个巨大的难题，闯出了一条属于自己的"星光大道"。

没有人能够随随便便成功，也没有哪一家企业能够在今天竞争激烈的市场环境里轻易地站稳脚跟。有人说，企业的管理者应该一半是企业家，一半是军人。说这话的人也正是看到了当今企业中的管理问题，看中了军队作风过硬、作风严谨的优点，提倡取长补短。因此，企业的管理者要善于向人民解放军学习，取其可用之处，融入企业的管理工作中。员工们要学会以军人的标准严格要求自己，做一名纪律严明、执行有力、忠诚尽职的职场好战士。只有管理人员和普通员工的作风上进了，企业的整体作风才会得以改善，企业的执行力和竞争力才能够得到有效提升。

作风是种看不见的武器，却也是实实在在的利器。聪明的管理者和员工，都应该懂得并善于利用它。

▶ 从价格战到文化战：作风升级企业战斗力

在我国的市场没有开放之前，国内的大企业几乎全是垄断性行业的。随着我国加入 WTO 之后的相关承诺一一得到了兑现，越来越多的海外跨国公司进军中国市场。不管是来自丰田、大众、福特的汽车，抑或来自三星、索尼爱立信、诺基亚、摩托罗拉的通讯产品，甚至来自沃尔玛、家乐福、麦德龙的数以万计早已国际化的产品，都有如"旧时王谢堂前燕"，飞入了寻常百姓家。一时之间，许多人惊呼："狼来了！"

面对来势凶猛的海外军团，中国企业将如何应战？

一开始，大家都选择了价格战，先是海外企业利用自身的技术优势，竭力压低商品价格，后是本土企业利用人力资源上的优势和地方保护政策，设置价格门槛，大搞价格战。一时之间，商场上硝烟弥漫，两败俱伤的案例不在少数。更糟糕的是，随着中外企业的市场定位发生转变，还在大搞价格战的大多是针对低端市场的本土企业，海外企业早已盯紧了中国的高端市场，在市场中居于主导地位。

像四川长虹之所以能够在中国彩电市场中处于领先地位，其中很重要的一个优势便是位处我国西部地区，在人力资源等成本上占有优势，可以打打价格战。也正是这种现状让他们曾自负地宣称："价格战是一种理想的武器。"对此，一家全球大型的彩电生产厂家制订了一项商业计划，并大胆地预测："在今后 3 年，只要在中国投资达到 30 亿美元，就可以摧毁中国最大的竞争对手长虹。"

诚然，价格战在短期内会有一定效果，在双方实力悬殊的情况下可以迅速地击败对手。但是借此去跟庞大的海外军团抗争，则无异于以卵击石，也不利于中国相关行业的自我提升。许多中小企业在这些混战中大规模倒闭即是明证。即便那些在价格战中苟活下来的企业，其现状和前景也都不容乐观。正如商务部前部长薄熙来所说："中国只有卖出 8 亿件衬衫，才能进口一架空客 A380！"至于南方沿海的糖果厂、鞋企不注重品牌效应，导致产品低档、利润有限、内耗严重，便是企业不注重战略发展和文化建设的恶果。

好在还有不少危机感比较强的本土企业在这种威胁面前清醒过来了。在以技术取胜的电信设备市场，跨国公司曾经在中国市场不可一世，朗讯、思科曾是中国企业难以抗衡的对手。但华为凭借着对中国市场的深入了解，开发出一款名为 A8010 的窄带接入服务器，在窄带接入服务器市场将对手远远甩在了身后，令跨国公司顿时刮目相看。与此同时，很多企业也开始向日韩企业、欧美企业学习，在品牌和创新上下工夫，提高管理水平，降低生产成本。双方的竞争已经从最原始、最野蛮的价格战升格为更具技术含量的文化战，而企业之间也拼命地提升自己的品牌含金量、降低运营成本，学会差异化生存。

那么，在这一场方兴未艾的文化战中，中国的企业又该学会如何差异化生存呢？

我们说商品的文化战除了商品附属的品牌、技术含金量在竞争之外，还存在着企业文化之间的竞争。好的企业文化不仅能够为一流产品提供良好的生长土壤，而且能够孕育出先进的企业管理模式和管理理念，从而吸引更多的优秀人才，激发员工工作的积极性和创新的主动性。此外，企业文化还要在承担社会责任上一分高下。对于这些，人民解放军的优良作风给企业管理者提供了良好的本土学习资源。

可以说，军队里的作风管理与企业的文化建设有着许多相通之处。首先，从管理模式上看，军队严明的纪律、有力的执行可以较好地解决企业内纪律涣散、执行不力、工作效能低等问题。其次，军队的敢打敢拼、不怕牺牲的作风能够培养员工勇于挑战强敌、攻克难关的精神。再次，军队的艰苦奋斗、谦虚谨慎还可以纠正当下一些迅速成长的企业盲目扩张、铺张浪费的问题，军队团结互助的作风可以改变企业里部门林立、各自为战的境况。

当然，企业更要学习军队的宗旨，立足于社会，服务于人民，这样才能保证企业有着更长远的道路可走。企业只有着眼于更远大的目标而非仅仅是赚钱，才能从内心深处激发员工的工作热情与自豪感，吸纳更多优秀人才加入企业中。在这方面，"敬业报国，追求卓越"的海尔为国内外同行做了良好的示范。

人民解放军的优良作风是一笔巨大的精神财富，可以为有形的团队管理、协同作战提供强大的动力支持。企业要是能够学习人民解放军的优良作风，并结合自身的发展特点，发展出优秀的企业文化，那么它一定能够在激烈的市场竞争中以不变应万变，成为商场上的常胜将军、企业里的常青树。

▶ 破解成功企业的"蓝血基因"

"蓝血"一词在英语中指出身于高贵血统的人，后来被人借以形容那些军队出身的伟大企业家。经过考察，人们发现世界上最伟大的公司大致是由三类人缔造的：大概三分之一出身于军队，三分之一是虔诚的教徒，剩下三分之一是技术型天才，其中出身于军队的企业家被称为"蓝血企业家"。《商业周刊》2002 年评选出来的全球十大品牌中，便有四家是蓝血企业家创办的，它们分别是：

排名第一的可口可乐公司（创办人罗伯物·伍德鲁夫出身行伍）；

排名第三的 IBM 国际商用机器公司（接班人小汤姆·沃森也是军人出身，参加过二战）；

排名第七的迪斯尼（创办人沃尔特·迪斯尼）；

排名第八的麦当劳（创办人雷·克罗克）。

至于二战后美国福特公司所引进的桑顿、麦克纳马拉等退伍军人，更是因为卓越的管理成就而被誉为"蓝血十杰"。

在仔细观察、分析这些蓝血企业家之后，我们会发现，他们在管理企业时大量地借鉴了军队的管理特色，以提高企业的执行力和团队精神。像出身空军的小汤姆·沃森在1956年接替母亲，成为IBM的首席执行官之后，便在企业中实行了一系列带有明显军队烙印的管理体制改革。经过改革之后的IBM像插上翅膀的鸟儿一般飞了起来，在短短的十几年间，先后彻底打败过通用电气公司、美国无线电公司和斯佩里－通用自动计算机公司。在小沃森任职期间，IBM为股东创造的财富超过了商业史上任何一家公司，而且这一成就一直持续到20世纪90年代。

除了雷厉风行的特色之外，蓝血企业家们还偏爱数字化管理和标准化执行。"蓝血十杰"之一、曾任福特公司总裁的罗伯特·麦克纳马拉就是高度重视科学计算的人，据说他连出门度假要带多少食物、饮水和器材，都会用统计方法算出来，精确到每样东西的体积和重量。二战期间，他服役于美国陆军航空队统计管制处，对全球各地的航空队指挥中心的资料和数据进行分析整理。数量庞大而又高度精确的数字化管理很好地维系了整个组织的正常运行，而这给了罗伯特·麦克纳马拉极大的启发。退役后，一直钟情于数学的他很快将这些经验和福特公司的实际情况结合了起来，分析公司的运营成本，并计算每一笔生意的实际利润。他甚至超越了传统的生产成本控制观念，把控制的理念运用到所有的事物中去，其中包括今天人们习以为常的市场营销和原料采购。由于所有过程都实现了数字化管理，每个部门和每名员工的任务因此得以明确，实现了标准化管理，福特公司迅速地腾飞了起来。

艾尔弗雷德·斯隆虽然没有从军的经历，但在改造通用公司的过程中，他把管理人员像士兵一样，分为统一指挥和现场指挥两大类，前者在总部工作，后者负责现场的生产。这种方式在很大程度上效仿了德国普鲁士军队的管理模式，同样取得了巨大的成功。

在中国，一样充满了类似的成功案例。联想的柳传志是军人出身，经常把企业比作军队；任正非干脆把军事管理的那一套搬到了华为公司里；在部队里就喜欢出风头的王石把军人脾气带到了创业中，成功地创办了万科；在中国房地产界颇有"任我行"味道的华远公司总裁任志强在部队里当了十几年兵……

　　类似的例子还有很多很多，比起简单罗列这些案例，我们更应该关注他们的共性及特色，从中找到可资现代企业借鉴的成功经验。事实上，还有不少企业并未直接推行军事化管理，也有很多成功的企业家只在军队待过短短的几年，但他们在管理企业方面却与蓝血企业有着许多惊人的相似之处。

　　作为美国联邦快递公司的创始人兼总裁，弗雷德·史密斯身上有着太多军人的作风。

　　史密斯早年出生于孟菲斯一个富裕的家庭，1966年从耶鲁大学毕业后应征入伍，成为美国海军陆战队的一员。参军期间，他有过两次远赴越南的军旅生活。一位脾气乖戾的军官告诉他："上尉，只有三件事你必须记住：射击、行动和联络。"史密斯牢牢记住了这一点，并在战场与商场上受益匪浅。

　　越战的经历磨炼了他面对一切失败的顽强意志，而且教给他如何管理和激励员工的有效方法。在企业的管理工作中，他借鉴了军队的管理模式，提出了"调查-回馈-行动"以及"保持公平对待"的理念，促进了员工与组织间的紧密联系。哪怕是在联邦快递公司创业初期困难得连工资都发不出来的时候，员工们依然忠诚于他，全心全意、毫无怨言地为公司工作着。就在美国铁路联运工人大罢工期间，联邦快递公司一度挤满了80万件额外的包装件，可数千名雇员自愿在午夜之前来到仓库为公司清理货物。对此，史密斯的致谢是一个标准的军礼！

　　联邦快递公司的成功，其实便是向军队学习管理模式的成功案例。在这里，包括很多管理人员在内的公司员工并未参过军，但在史密斯的管理模式下，他们全变为一个个忠诚敬业、执行有力的职场战士！这让人不得不叹服军队管理的伟大魅力。

　　其实，只要将这些成功企业与正规部队、宗教组织进行对比，我们就会发现它们具有两样特别突出的品质，一个是信念，另一个便是纪律。前者让领导者和组织成员志存高远，保持着必胜的信心和乐观的精神，后者让组织统一步调，爆发出惊人的执行力和战斗力。他们和领导者的领导力一起构成了伟大组织得以发育、成长的充分条件，而这种组织所包含的文化便是蓝血文化，它所包含的职场品质便是这些企业成功的"蓝血基因"。有人因此提出"军队是世界上最大的'商学院'"，"世界上最优秀的管理在军队"。仔细想想，这话其实一点都不夸张。

信念对于企业来说，到底有多重要？希尔顿连锁酒店的创始人康拉德·希尔顿说："我认为，完成大事业的前提是，你必须胸怀梦想，并配合以祷告、工作，否则祷告就失去了意义。这两者就像梦想的手和足一样。……完成大事业的先导是伟大的梦想。"信念是一种远大的目标，一种深层的激励。它就像你灵魂深处的一种东西，哪怕是你在最失意、最落魄的时候也还存在。它会不时地从你的内心世界里冒出来，提醒你前方的目标，不论你现在是成功，还是失败。一个人只要有了信念，就能寻找到前进的道路，也会更加注重行为的规范，因为他知道，梦想的实现是容不得半点马虎与懈怠的。

那么纪律呢，它的作用又在哪里？如果说信念是方向盘的话，那么纪律便是推动梦想不断前行的轮子。没有纪律做保障，信念难免会沦为空想。美国通用电气公司的董事长兼 CEO 杰克·韦尔奇曾打了个比方来说明纪律的作用："你要勤于给花草施肥浇水，如果它们茁壮成长，你会有一个美丽的花园；如果它们不成材，就把它们剪掉，这就是管理需要做的事情。"说白了，管理者就是纪律的维护者，通过践行纪律来推动企业进步。如果维持纪律时没有"它们不成材，就把它们剪掉"的魄力与决心，那么这个花园不会越变越美丽，而是日益杂芜，怪枝丛生。

可以说，信念与纪律宛如鸟儿的两翼，又似健儿的双腿，让我们不断地向前进发，奔向成功。这两方面恰恰是军队最出色的地方所在。蓝血企业家们注意到了这一点，并把它借鉴到企业管理当中，树立企业远大的愿景，实现标准化管理。在他们的企业里，员工像军队一样纪律严明、精益求精，且艰苦朴素、善于学习。因此，他们像一支钢铁之师，无往不胜，所向披靡——这便是蓝血企业的最大秘密。

最后，让我们一起来看看蓝血企业家的不完全名单：

序号	蓝血企业家	蓝血企业	备注
1	山姆·沃尔顿	沃尔玛	创始人
2	雷·克罗克	麦当劳	创始人
3	沃尔特·迪斯尼	迪斯尼	创始人
4	康拉德·希尔顿	希尔顿旅馆	创始人
5	詹姆斯·斯蒂尔曼·洛克菲勒	花旗银行	创始人之一
6	比尔·休利特	惠普	创始人之一
7	盛田昭夫	索尼	创始人
8	弗雷德·史密斯	联邦快递	创始人
9	亨利·杜邦	美国杜邦	改造者
10	小汤姆·沃森	IBM	改造者
11	罗伯特·伍德鲁夫	可口可乐	实际创始人
12	莫里斯·格林伯格	美国国际集团	总裁
13	罗伯特·伍德	美国希尔西百货	改造者
14	萨默·雷石东	维亚康姆	董事长
15	亨利·福特二世	福特公司	再造者
16	王军	中信	再造者
17	柳传志	联想	创始人
18	任正非	华为	创始人
19	王石	万科	创始人
20	任志强	华远	创始人
21	郭凡生	慧聪	创始人
22	陈峰	海南航空	创始人
23	邹其雄	速达软件	创始人之一
24	倪润峰	长虹	创始人
25	汪海	青岛双星	创始人
26	吴一坚	金花企业	创始人
27	孙广信	新疆广汇	创始人
28	苏增福	苏泊尔电器	创始人
29	郑永刚	杉杉集团	创始人
30	吴栋材	江苏永钢	创始人
31	魏新	北大方正	总裁
32	缪双大	江苏双良	创始人

注：表格为编者搜集整理，企业家排名不分先后。

▶▶ 学习斯巴达和雅典精神

在古希腊两百多个城邦中，斯巴达和雅典是最负盛名的两个，前者以强有力的军事集团著称，后者以自由和平等的精神著称。

在斯巴达内部，每个人都归国家所有，是国家的工具。他们从出生的那一刻开始，便被纳入为国家服务的系统中，7 岁时便要离开家庭，由政府负责教育、训练，学会忍受痛苦与孤独，并在战斗中培养出平等、友爱和集体主义精神。从 18 岁起，他们就要接受军事训练，伏击奴隶作为战争的演习。到了 20 岁的时候，他们则要向国家宣誓，开始服兵役，直到 60 岁退休。就这样，以军事立国的斯巴达形成了当时地中海沿岸最强大的军事强国，不断地对外发动战争，掠夺奴隶与土地，把别人变成新的劳动力资源。在这个过程中，斯巴达的公民都极富献身精神。

与斯巴达相反，雅典由于商业发达，民主发展的程度也比较高。伯里克利当政的时候削减了贵族会议和执政官的权力，创立了公职津贴制，公民通过公民大会的选举担任国家公职。这种自由与平等的生活方式极大地激发了雅典人的生活激情，社会上充满了自由、乐观、世俗主义和理性主义的思想。人们尊重个人的尊严与价值，为人的肉体和思维感到骄傲。

然而，这两个城邦在发展到一定阶段后都衰败了。雅典过分的民主制导致国内充满了奢侈、文弱和清谈的习气，国家的管理成本越来越高，而效率越来越低，许多事情议而不决。最终，由于外敌的入侵和大瘟疫的降临，一批又一批优秀的公民死去了，雅典的文明也随即宣告灭亡。斯巴达呢，尽管凭借着强大的军事实力称霸地中海沿岸，但这是以牺牲公民个人的幸福、欢乐和自由为代价的。胜利到来之后，严苛的政治体系也开始土崩瓦解，内部腐朽和衰败的事情层出不穷，随后财产的不平等又进一步破坏了原有的公民平等，社会秩序变得混乱，军事战斗力随之下降，后来终于被罗马帝国消灭了。

如果把斯巴达和雅典看成两家大公司的话，我们会发现它们恰恰代表了当前企业管理理论中的两种极端：前者要求绝对的服从与奉献，后者强调过度的平等与享受，或者说前者强调员工对企业的付出，后者强调企业对员工的回报。这两种极端的文化最后都会伤害到企业的事业和员工的发展。一个持久的、常青的企业应该是这两种文化的有机结合，既要纪律，也要民主，既要严格管理，也要放松娱乐，既要讲忠诚与奉献，也要讲合理回报，要让员工的奉献与所得成正比例。

60多年来，惠普之所以能够在竞争激烈的国际IT界生存并成为第一阶梯的跨国企业，便是因为它很好地处理了二者的关系，并形成了自己的企业文化。惠普文化也因此成为许多企业管理者学习和借鉴的榜样。出身行伍的惠普创始人比尔·休利特和帕尔德虽然都相当重视企业的纪律问题和服从问题，但他们更看重企业内部的平等与沟通。"管理不仅仅是一种权威，更重要的是一种沟通，一种让被管理者真心接受管理的'理'。有一种军队式的组织方式，即最高层负责人发出命令，然后一直传达到最低一层的人，直到叫他们做什么就做什么，不准提问题，也不需要说明原因。我们惠普公司过去和现在都不希望这样做。我们认为，要实现我们的目标，必须得到人们的理解和支持，允许他们在致力于实现共同目标中有灵活性，帮助公司确定最适于其运作和组织的方式行事。"帕尔德如是说。

帕尔德于1971从军事系统里回到惠普所进行的第一项管理革新就是停止使用单间办公室，把一间大房子用齐肩高的隔板分割成若干个办公室，首创开放式办公环境，从而体现公司上至总裁，下至普通办事员，全体员工一律平等的精神。在这种管理体制下，公司的环境是相对开放和自由的，极大地鼓励了底层的员工，形成了自下而上的沟通交流方式。此外，惠普的员工可以自由地分配自己的时间，依据自己的工作和生活需要选择何时上班、何时下班。

在实行人性化、民主化管理的同时，惠普又有着斯巴达文化的一面，那就是纪律面前人人平等，纪律面前绝不妥协。惠普每年都会对员工进行绩效考核，每两三年就实行一次末位淘汰，毫不留情地开除那些未达到惠普标准的员工。此外，普惠还有许多近乎苛刻的规定，比如员工之间不能互相打听薪水；所有员工都必须签订一份职业发明协议；绝不允许有虚报财务的现象出现，一旦发现，不管你身居何位、所处何职、贡献多大，一律开除。曾经有个技术人员因为报销出租车费时多报了 100 元，马上就被开除了，尽管他各方面的能力都很优秀。

对于员工来说，严格与欢乐是同等重要的，前者让他更加严谨、认真，后者则让其能得到有效的回报与休息。企业在建立管理制度和塑造企业文化时也应该兼顾到这两方面，平衡好二者的关系，既最大限度地发挥员工对企业的奉献精神，又不伤害其工作积极性。

▶ 培养解放军精神，打造卓越的职场战士

许多人哪怕是没当过兵，也一定听过这首歌，它的名字叫《咱当兵的人》：

咱当兵的人，有啥不一样？只因为我们都穿着，朴实的军装。

咱当兵的人，有啥不一样？自从离开家乡，就难见到爹娘。

说不一样，其实也一样，都是青春的年华，都是热血儿郎。

说不一样，其实也一样，一样的足迹，留给山高水长。

咱当兵的人，就是不一样！头枕着边关的冷月，身披着雪雨风霜。

咱当兵的人，就是不一样！为了国家安宁，我们紧握手中枪。

说不一样，其实也一样，都在渴望辉煌，都在赢得荣光。

说不一样，其实也一样，一样的风采在共和国旗帜上飞扬。

咱当兵的人，就是这个样。

这首歌一唱三叹，从"有啥不一样"的略带伤感，到"其实也一样"的趋于平和，再到"就是不一样"的豪情万丈，把解放军的优秀品质全部写活了。在他们身上，我们可以看到艰苦朴素、无私奉献，可以看到精忠报国、顽强拼搏，还可以看到侠骨柔情、满腔豪气。正是有了这么一个个优秀的个体，才有了英勇顽强、百战不殆的"钢铁之师"、"虎狼之师"。企业的管理要学人民解放军，员工在精神培养与能力提高方面也要向这个优秀的团队看齐。

首先，员工要学习解放军精忠报国和无私奉献的精神。一个人不单单是为自己而活、为自己而战，也不单单是为自己工作。作为社会中的一员，我们享受了这个群体带给我们的优惠与便利，自然也要知道感恩与回报。功利点说，一个人只有对社会与国家作出了自己的贡献，才能把企业带入更高远、更伟大的境界，才能在事业的成功中感受到人格升华的魅力。正如毛泽东在《纪念白求恩》一文里所说："我们大家要学习他毫无自私自利之心的精神。从这点出发，就可以变为大有利于人民的人。一个人能力有大小，但只要有这点精神，就是一个高尚的人，一个纯粹的人，一个有道德的人，一个脱离了低级趣味的人，一个有益于人民的人。"一名员工只有勇于担当社会责任，才能在人生与工作的道路上走得更远，至少对企业做到尽忠职守。

其次，员工要学习解放军纪律严明和坚决服从的精神。一支部队之所以强大，是因为它有着无数纪律严明、听从命令、服从指挥的优秀官兵，一个企业之所以兴盛，同样少不了许多令行禁止、有着高度纪律意识的员工。一支筷子易断，十支筷子难折，当无数员工听从统一的分配或命令时，他们所爆发出来的执行力是惊人的。一些企业虽然所拥有的员工都不是最优秀的，但协调一致、统一行动的机制让他们成为一个最优秀的团队。相反，一些企业由盛转衰，也是因为内部有着太多的"诸葛亮"，喜欢显示自己的与众不同，跟企业的整体政策对着干，其结果只能是企业难以成为协调的团队，个人也难以成为优秀的个人。作为企业的员工，首要的品质便是要有自觉的纪律观念和坚决的服从意识，让自己进入员工的角色，然后才是个人才能与性格的展现。

再次，解放军的敢打敢拼、不怕牺牲的精神也值得每位员工学习。为了美好的愿景，为了团队的利益，每位员工都应该像战场上的士兵一样，义无反顾地向前冲锋，不怕苦，不怕累，甚至舍得牺牲。正如日本软件银行创始人、董事长兼总裁孙正义所说的："三流的点子加一流的执行力，永远比一流的点子加三流的执行力更好。"只有当员工们全身心地投入工作中，义无反顾的时候，企业才会有强劲的执行力，产品才会有强大的竞争优势。当然，在你与企业紧密地联合在一起的时候，也是企业离不开你的时候。最卓越的员工与最成功的企业向来是密不可分的。

最后，我们要向解放军学习艰苦奋斗、谦虚谨慎的优良作风。一支优良的部队不仅要能打快仗、狠仗，还要能打硬仗、苦仗；不仅要能够夺取一个又一个胜利，还要能保持不骄不躁、谦虚谨慎的作风。否则，它便极可能如昙花一现，快速消逝，或者像程咬金一样，半路杀出，来势凶猛，却只有三板斧的狠劲儿。一名员工无论处在多么平凡的岗位上，还是取得了多么辉煌的成就，都不能忘了自己的职责所在，忘了自己还要学习很多东西。一名优秀的员工不见得什么事都做得最好，但他一定是在不断学习、不断进步的人。也只有这样的人，才配得上"前途无量"四个大字。遗憾的是，许多人不是在平凡的工作中甘于平庸，就是在小小的胜利面前被糖衣炮弹给打中了。他们留给后人的，也只是惨痛的教训。

作为一名积极向上的员工，无论你所在的企业是否实行军事化管理，你都不妨多向解放军学习，学习他们的忠诚意识和奉献精神，学习他们的纪律观念和执行力度，学习他们的顽强拼搏、不怕牺牲，学习他们的艰苦奋斗、谦虚谨慎，当一名卓越的职场战士！

第二章

用作风会诊现代企业的十种常见病

▶ 人数不等于战斗力

什么是团队？

曾仕强在他的《中国式团队》一书里精辟地论述道："虽然很多人把'团队'挂在嘴边，但是并未真正理解'团队'的含义。实际上，'团'和'队'是两个不同的概念。'团'是指团体，不是所有的团体都能够叫做团队。要形成团体很容易，三人为众，就是说，把三五个人凑在一起，就形成一个团体。而团队并不简单，不但有'团'，还要有'队'。这里牵涉两个很重要的概念，一个叫组织，一个叫组织力。一个团体能否发挥巨大的作用，关键在于它有没有组织力。有组织力的就称为'队'，即具有协同一致的力量的团体才有资格叫做'队'。真正的团队既要有组织形式，又要有巨大而有效的组织力。否则，就是一盘散沙，组织里的人貌合神离，严重的还会天天内斗。"

简而言之，团队就是具有协同一致、配合作战之能力的团体。团队看重的并非人数的多寡，而是内部是否分配得体、配合到位，是否实现了资源的最优化组合，从而发挥出最大的战斗力。说到这里，我们不得不提及企业管理方面著名的"米格—25效应"。

"米格—25效应"源于苏联研制的米格—25喷气式战斗机，这种喷气式战斗机性能优越，可以和美国当时最先进的战斗机相媲美，因而受到世界各国的广泛青睐。然而，众多飞机制造专家惊奇地发现：米格—25战斗机所使用的许多零部件与美国战斗机相比要落后得多！它之所以可以与美国当时最先进的战斗机相抗衡，其秘诀便在于米格公司从整体考虑，对战斗机的各种零部件进行了更为协调的组合设计，使该机在升降、速度、应激反应等诸方面反超美机而成为当时世界一流。这一因组合协调而产生的意想不到的效果，被后人称为"米格—25效应"。可以说，"米格—25效应"对于企业管理的启发是巨大的。企业的管理人员应该意识到员工之间的良好配合和优势互补，远比许多优秀员工的简单组合来得重要。如果分工良好，一些看似能力一般的员工也可以创造出一流企业才拥有的生产力和竞争力，即"整体大于部分之和"。

如何才能进行合理的人员组合呢？我们可以从三个方面来考虑：

一是实现知识和技能方面的最佳组合，让组织成员之间在知识、技能上扬长避短，科学互补。在企业的基层，主要体现为不同技术工种与专长的合理配置。这一点便要求企业的管理者既要知人，更要知己。古人说得好，"知人者智，自知者明"，一个清楚自身成员优劣势，并善于优化组合的团体肯定是成功的团队。

二是实现年龄方面的最佳组合，让企业中各成员的年龄实现合理搭配。最理想的年龄结构应是老中青结合的梯形结构，这不仅符合传统的以老带少的教学模式，而且是工作实际所决定的。年长的经验丰富，年轻的富有朝气；年长的沉得下心，年轻的思维活跃，实现不同年龄的最佳组合，有助于员工之间实现优势互补。

三是实现气质和性格方面的最佳组合，让企业成员之间在气质、性格上互相补充。人们通常把人的性格分为内向型和外向型两种，也有人把人的性格划分为理智型、意志型和情绪型。国外企业在这方面的研究就比较透彻，他们往往依照人的血型不同进行人员的组合与搭配，例如A型总经理与B型副总搭配，B型总经理与A型副总搭配，O型总经理则需要与A型、B型副总搭配。他们还将人分为九种类型，进行相应的搭配，体现出团队整体素质的提高。联想集团创办之初，柳传志提出"搭台子，建班子，带队伍"，也进行了人员的有机组合与搭配，否则，便不会有今天的联想了。

对于作为个体的员工来说，造就一个全能冠军比较困难，但培养单项冠军则轻松得多了。我们不能以一个模子来要求人、苛责人。允许员工个体差异的存在，企业这个世界也会因此变得更加精彩。承认并面对这个事实，其主要目的还是要把适当的人放在适当的岗位上，整合团队优势，从而提高整体的素质与战斗力。更要注意的是，企业的管理者不能以对个别人的要求来要求全体员工，而应从企业的实际需要出发，从岗位的具体要求出发。我们常讲，管理者用人时需要有两个方面的突破，要敢于用比自己能力强的人，敢于用和自己不一样的人，这样才能实现素质的优化组合。

这么说可能还显得有些抽象，但大家只要想一想福利工厂的情况便会明白许多了。在那里，人们除了被那些残疾人自强不息的精神所震撼之外，想必还会对那里的资源优势组合佩服不已。在这里，很多人尽管在生理上并不健全，但他们并不是废人。企业管理者把每个人的特长或功能合理地利用了起来，而他们所缺乏的则由其他人补上。正如一幅漫画所形容的，双腿残废的不能走路，但他看得见，可以给盲人指路；盲人虽然看不见，但能够背着双腿残废的前行。一个当眼，一个当腿，双方经过良好的配合，也能过上正常的生活。这便是优化组合的神奇功效。相反，如果企业管理者不懂得合理地分配工作，那么哪怕是再优秀的人才也会被闲置，再好的团体也可能变成一盘散沙，甚至钩心斗角、互相阻碍。深圳曾投入大量的资金，吸引了大量博士到那边的研究站工作，但由于分配不合理，许多人没有找到发挥自己才能的位置，当然也没能享受到与能力相适应的待遇，最终，这个号称全国博士人数最多的人才交流站以惨淡的失败结局告终。

企业的管理者如果能够知人善任，合理地分配员工职位，使他们协同作战，发挥每个人在各自岗位上最大的潜能，这样的企业又何愁没有市场竞争力呢？普通的砖石经过巧匠的加工，最终能够变成屹立数百年的坚固建筑，而一堆未经合理使用的上好钢材最终也难逃变成烂铁的命运。对于企业的管理者来说，你的员工是否人数众多、个个都是精英，都不是最重要的，重要的是你首先得成为一名优秀的"建筑师"，能够对他们实现优化组合，从而实现"米格—25效应"。

▶ 现代企业的十种常见病

企业与人相似，也有着孕育期、儿童期、青春成长期、青壮年时期以及老年衰退期，有从无到有、由盛转衰的过程，也会生病、烦躁、闹情绪。但企业又跟人很不一样，全世界最"高寿"的企业已经700多岁了，而人寿命最长的也不过百来岁。一般来讲，企业的寿命越长，其业绩便越大。

遗憾的是，据有关数据显示，寿命能达到40岁以上的企业数量有限，哪怕是进入世界前1000名的企业，平均寿命也不过是短短的30年！至于一般的跨国公司，那就更短了，平均寿命只有10～12岁。中国的集团企业平均寿命是7～8岁，而小企业的平均寿命则只有3～4岁。中国每年有近百万家企业倒闭，其中绝大多数属于"夭折"。为什么中国企业的存活率这么低呢？在这一期间，它们到底得了什么病？

下面就让我们以作风为仪器，为这些企业做诊断吧。

近视散光症：缺乏统一的旗帜

中国的企业从创办之初便缺乏长远的目标与宗旨，只是基于简单的赚钱目的，什么项目来钱快就做什么，只看到短期利益，看不到长远利益，只看到个人利益，忽略了社会责任。这样的"近视"企业虽然能够借助庞大的资金、时代的机遇和政策的优势，在短期获得迅猛的发展，但终究缺乏远大的目标，容易走向故步自封、奢侈腐化。

与企业的"近视"相伴而生的，是"散光症"，这也在这些企业中不同程度地存在。由于缺乏远大目标和社会责任，这些企业容易随波逐流，什么赚钱就做什么，缺乏统一的发展旗帜，员工们也在这样的忙乱中迷失了自我。患上"近视散光症"的企业，经常打一枪换一个地方，干不成什么大事业。当新的竞争对手出现，或者原有优势失去的时候，他们的"末日"便降临了。

心脏病：缺乏成功的领导者

一个企业里最核心的力量便是领导层，它就像企业的心脏一样，维持着企业的生命。如果企业的"心脏"也出了问题，那么企业便几乎没有存活的希望了。由于个人知识水平和综合素质的局限性，一些领导在小农经济式的经济发展初级阶段，还能打拼一下，但随着知识经济的到来，他们便有些招架不住了。更糟糕的是，一些企业的老板鼠目寸光，发展到一定阶段后便抛弃了艰苦朴素的作风，开始大手大脚地享受起来，甚至连企业正常的运营活动也无暇搭理。这时，企业的"心脏"便逐渐走向衰弱，焉有不亡的道理？缺乏成功的领导者，企业便失去了最核心的力量，从而迅速地走向死亡的坟墓。

发烧上火：个人英雄主义泛滥

企业发展到一定阶段之后，缺乏见识的老板便有些飘飘然起来，觉得做生意不过如此，或者认为自己是做生意的天才，不把其他人放在眼里。这时候，企业便有些"发烧上火"，烧坏脑子了。有些员工一开始也能保持艰苦奋斗、勤俭朴素的作风，但随着职位的升迁、薪水的增加，也有些志得意满、自以为是，听不进别人的批评和建议。"发烧上火"，以为自己才是搞活企业的"英雄"的管理层在脑袋烧得火辣辣的时候，也把企业带进了火炉里，用多年奋斗而来的成果为自己的盲目自信和刚愎自用埋了一回单。

神经官能症：八宝粥式的团队——责任糊在一起

在一些企业里，由于早期的产权不明，企业内部的工作分工与责任分配一直没能搞清楚，结果各个部门互相推诿、扯皮，大大地损害了团队精神，降低了工作效率。这跟神经官能症倒是极为相似，就连"肢体"也开始不听话起来，最终各忙各的，甚至互相拆台。这在家庭式的企业里表现得尤为明显。

多动症：有权力，没精力；有执行，没责任；有责任，没权力

在市场经济体制逐步建立和完善的过程中，一些企业与时俱进，根据市场发展的需要进行了一系列改革，如坚持学习先进的管理经验，进行产权和责任的分配与确认。但由于经济理论知识的欠缺，一些企业在改革的过程中犯了"多动症"，朝令夕改，缺乏稳定性。手握大权的没有精力来管企业，管企业的却没有相关的责任，好不容易碰到个有精力也有责任的，却缺乏相应的权力！在这里，"多动症"的另一个病症便是反应迟钝，头痛医头、脚痛医脚，像恐龙一样被人砍了脚却迟迟反应不过来，这样的企业必然会走向灭亡。

骨骼病：有组织，无纪律，只有团伙，没有团队

有的企业不仅老板有雄心壮志，员工也聪明、能干，但缺乏有限的纪律约束，员工们各行其是，患上了严重的"骨骼病"。患了"骨骼病"的企业往往不懂得如何进行分工合作、互相配合，容易变成单兵作战，甚至内部矛盾重重、互相阻碍，不等敌人来攻打，自己就先垮掉了。纪律是一切生命力的保障，没了纪律的企业像沾上腐败剂一样可怕。

营养不良症：文化缺失导致团队难以持续进步

这是中国大多数企业的通病。也许管理层有着远大的愿景和伟大的责任，但他们未能将这些东西贯穿到平时的管理理念中去，传递给每一个员工。员工们接受到的还只是简单的工作命令，期盼的也还是单一的工作赚钱，根本没有参与企业文化的培养中，使企业患上了严重的营养不良症。这可是一种慢性病，在短期无法看到它的危害，但它就像古代小脚女人的裹脚布一样，束缚着整个团队，使之难以持续、快速地向前迈进，严重的甚至会导致整个企业丧失奋斗的激情，在残酷的市场竞争中走向沉沦。

企业脑病：没有培训，队伍难带

不少企业对于职业培训不怎么重视，觉得工作中所要学的无非是些技

术活儿，只要在实践中逐渐学习就可以了。殊不知，这种狭隘的知识恰恰为企业的执行力低下埋下了祸根！好的职业培训并不是简单的技术培训，而是在新人中植入企业的发展文化和纪律制度，提高团队精神与合作能力。企业放弃了培训，就相当于人放弃了脑袋，想要指挥四肢就有些困难了。这便是企业患上"脑病"的症状及后果。

抑郁症：激励无力

在医学解释中，抑郁症是指由各种原因引起的以抑郁为主要症状的一组心境障碍或情感性障碍，是一组以抑郁心境自我体验为中心的临床症候群或状态。它的一大表现便是对大多数事物提不起兴致，很难激起生活的兴致与昂扬的斗志。对员工激励无力的企业便属于"抑郁症"的一种，企业的内部人员对企业的前景及奖励制度缺乏信任或兴趣，无法积极地参与企业的发展中，整个企业暮气沉沉，有如一潭死水。这样的企业，自然无法在瞬息万变的市场经济中自保。

神经性疾病之组织混沌症：沟通不畅

造成企业执行力低下、竞争力有限的另一个重要原因便是它患上了神经性疾病之组织混乱症，内部沟通不畅。脚受伤了，无法通过正常的神经系统传达给大脑，大脑也无法根据肢体的实际情况下达准确的命令给其他各个器官。身体各部分缺乏有效的信息交换，许多指令属于"想当然"型的，既不符合自身的实际情况，也不能适应外界的迅速变化，最终只有被动挨打的份儿。

以上十种便是中国当今企业最常见，也最容易患上的"病"。它们的共同特征便是企业缺乏统一鲜明的发展旗帜，整体缺乏有效的沟通与训练，协同作战能力差，执行力低下，最终拖垮了企业的生产力和市场竞争力。对此，军队的一些作风恰恰可以有针对性地借鉴到企业管理中来，医好这些企业病。

第三章

向军队学习，加强作风建设

▶ 军事化思想如何落地生根

现代企业中存在着诸多毛病：执行力差、工作效能低、盲目扩张、铺张浪费、害怕竞争……而军队的优良作风刚好能够矫正这些毛病。企业的管理者与其相信"外来的和尚会念经"，不如多向世界最伟大的军队之一——中国人民解放军学习，在企业中建设优良的作风，并使之成为企业传统和职场文化。

向军队学习优良作风，并不是简单地推行军事化管理，更不是照搬部队里的管理经验，而是学习他们完美行动和卓越风气下的精神实质，把军事化的思想和企业的生产经营实际结合起来，实现军事化思想在企业中的落地。

要学习军队的作风建设，实现军事化思想在企业中的落地生根，首先要取其精神，去其形式。军队有报数和"报告长官，汇报完毕"一类的表达方式，那是成员在复命。对此，企业可以结合自身的情况，发展出诸如每天进行工作总结、向上级汇报工作情况等制度，而不必拘泥于部队的管理形式，否则会有东施效颦、贻笑大方之嫌。再如有些部队还保留着针线包一类的东西，自己种菜养猪以节约成本，企业则没必要仿照着让员工们的生活过得太清苦，这种艰苦朴素的精神应该是思想上的，应该落实到每项工作里，而不仅仅是口中食、身上衣。办公室的装修不用那么豪华，夏天的空调调高两度，出差的员工注意拼车、拼菜……这些都是艰苦朴素精神的体现。可见，善于学习的则处处可用、处处好用，不善于学习的不但学不到好处，反而会闹笑话甚至受到更大的损害。

要学习军队的作风建设，实现军事化思想在企业中的落地生根，还要注重学习方法与时机。部队是个庞大的团队，但也有小到只有五六个人的小班，既有不时冲在第一线的冲锋战士，也有坚守在科技、文化、后勤等岗位上的"沉默者"。因此，企业要学习军队的优良作风，尤其要注重方法与时机上的把握。比如说在例行的员工大会上，表彰那些作风优良的员工；在全体户外活动中，注重团队精神的培养。只有在合适的时机，采用科学、合理的方式方法，员工们才能更快、更好地接受教育，从而加快军事化思想在企业里的落地生根。

这些都是从大的方面来讲的，而在涉及每一部分的内容，诸如纲领、领导、组织、流程、个人乃至企业文化时，企业的管理者更应该把握好这两大原则。中国有句老话叫："大道至道，悟者大成"，企业管理者只要把握好原则问题，在大的方向上不出错，取得成功就不是什么困难的事情了。

▶ 作风建设中的纲领：好纲领是企业的灵魂 》

要学习解放军的作风，首先就得从建立好纲领、树立集体信仰开始。一个人、一个组织、一个社会乃至一个国家都必须有一个信仰，否则就会精神空虚，缺乏战斗力。而对于一个企业来说，如果缺乏信仰的话，后果将是不堪设想的，难以维持长久、快速、健康的发展。在硝烟弥漫的商场上，一个企业就是一支军队，企业与企业比拼到最后的不是武器装备、战略战术，而是各自的精神与信仰。

在企业的作风建设中，纲领是一大关键，它是整个企业的信仰与灵魂。任正非在 2008 年 6 月份的一次优秀党员座谈会上说道："人生出来最终要死，那何必要生呢？人不努力可以天天晒太阳，那何必要努力以后再去度假晒太阳呢？如果从终极目标来讲，觉得什么都是虚无的，可以不努力，那样就会产生悲观的情绪。我们的生命有七八十年，这七八十年中不努力和努力不一样，各方面都会不一样的。在产生美的结果的过程中，确实充满着痛苦。可是农夫要耕耘才会有收获；建筑工人不惧日晒雨淋，才会有城市的美好；没有炼钢工人在炉火旁熏烤，就没有你的潇洒美丽，没有你驾驶的汽车，而他们不必需要什么护肤品；海军陆战队员不进行艰苦顽强的训练，一登陆，就会命丧沙滩。少壮不努力，老大徒伤悲，我想各位考上大学，都脱了一层皮吧……"一个企业只有确定了发展的宗旨，树立了远大的目标，才能更好地安排今后的工作，充分地调动员工的积极性。

海尔为什么能够从当年一家濒临破产的小企业发展到今天跻身世界500 强企业的行列，创造一个又一个行业神话呢？海尔人为什么能够始终保持旺盛的工作热情和强大的创造力，能够振奋精神，开拓进取，不断创新呢？就是因为海尔有个伟大的纲领，海尔人有个伟大的梦想。这个纲领和梦想就是：敬业报国，追求卓越。有了这么一个纲领，海尔人就有了激情，就有了不竭的动力，就有了克服困难的勇气。

与许多企业相比，海尔员工的工资并不是特别高，但他们充满了工作的激情，就连发明创造的热情都比其他企业要强很多。海尔技术中心部的张汉奇博士到海尔工作后，曾谢绝了许多外企的高薪聘请，他是这样解释的："因为有了信仰，所以在海尔我能看到民族工业的明天，我为自己是一个海尔人而自豪。"

信仰的力量是无穷的，可以给人为了梦想去拼搏奋斗的巨大勇气和不竭动力，而纲领的主要作用便是帮助管理人员和普通员工共同树立这样的一个信仰。一个企业只有建立了好的纲领，才能走向一个更加美好的明天，才能把所有员工紧密地团结在一起，并为了这个明天一起努力奋斗。

▶▶ 作风建设中的领导：火车跑得快，全靠头来带

俗话说得好："火车跑得快，全靠头来带。"一个企业要有好的作风，要让员工们都像军人那样战斗英勇、纪律严明，领导首先要身先士卒，起到"头"的示范作用。否则，上头说一套做一套，下面的人也不会学好，至少口头上承认，心里却不怎么服气，这样，落实的效果就会大打折扣。

在解放战争时期，解放军队伍跟国民党部队对冲锋陷阵的士兵们所下的命令是截然不同的。解放军军官用的是："同志们，跟我冲啊！"国民党部队用的则是："弟兄们，给我冲啊，打胜了老子重重有赏！"一个"跟我冲"，一个"给我冲"，二者的效果是大相径庭的，这也是解放军屡战屡胜的一大法宝。

言传胜于身教，正如古人所说的，"人不率则不从，身不先则不信"，如果部队的领导不能以身作则，冲在最前线，那么士兵们也可能持观望态度，使得战斗力大打折扣。同样，企业的管理者在进行作风建设的过程中也必须做到一切从我开始，方能服人。你要让员工们遵守纪律，那自己首先就得遵守纪律，不迟到，不早退，不违反生产秩序；你要让员工们办事干脆、果断，那你首先便要做到今日事今日毕，绝不弄成隔夜饭；你要让员工们习惯过艰苦朴素的生活，那自己便要先学会节约开支，绝不铺张浪费、盲目投资……比起说教来，企业家的行为更具说服力。他们的领导力与威信也往往不是通过语言，而是通过行动表现出来的。

"先之以身，后之以人，则士无不勇矣"，越是在困难时期，领导们就越应该具备带头冲锋、以身作则的表率意识。红军能够走过充满无限艰难险阻的草地、爬过险象丛生的雪山，还打退了许多追兵与截兵，其中很重要的一个原因便是部队的长官们跟战士们生活在一起，同样幕天席地，同样挖野菜、喝浑水。正如邓小平所说的："连长指导员不以身作则，就带不

出好兵来；领导干部不作出好样子，部队就出不了战斗力。"一个企业在处于困境的时候，员工们要挺住，但首先且最关键的是老板自己要能挺住。只有这样，员工们才有了坚持的动力与核心，企业才能逐渐走出困境。

企业的管理者应该明白，职权只能使员工们服从，而不能使之服气，至多是口服心不服。压力下产生的"服从"反而使得管理的威信大打折扣，变得极其脆弱。管理者应该明白，无论自己的职务多高、权力多大、资历多深，都应该在要求别人做到的时候先要求自己做到，给别人做出一个表率来，这样才能带出一个作风优良的团队来！

▶ 作风建设中的组织：没有英雄的团队也能胜

如果把企业比拟成一个人的话，那么组织便是这个人的中枢神经。一个人只有中枢神经健康了，才能协调好身体的各个部分，哪怕是其中某个部位受伤了，也不至于影响到整个身体。相反，其他部位可以作出相应的反应，作出补救的措施。比如手受伤了，将信息通过中枢神经传达给大脑，大脑赶紧作出反应，让嘴巴和手去打电话给医院，或者指挥脚走路去诊所。同样，一个企业要是建立了良好的组织，形成一个有效合作的团队，那么临时缺了一两个人，也不会对团队本身造成太过严重的损害。真正的团队是个人在团队中变强，而不是团队随着一两个特殊的人而变强变弱。

20世纪80年代，中国女排曾获得辉煌的"五连冠"，进入90年代以后，又分别在1990年和1998年世界锦标赛、1991年世界杯、1996年奥运会上4次获得亚军。中国女排以技术全面、快速多变、攻防平衡的特点居于世界强队之列。2004年8月11日，意大利排协技术专家卡尔罗·里西在观看中国女排训练后很肯定地认为，中国女排在奥运会上的关键人物是身高 1.97 米的赵蕊蕊，她发挥的好坏将决定中国女排在奥运会上的最终成绩。不幸的是，奥运会开始后，在中国女排的第一场比赛中，这个肩负着无限期望的中国女排第一主力就因为腿伤复发而无法再上赛场。外界都感叹中国女排的网上"长城"坍塌，实力大减，没有了赵蕊蕊的中国女排不再是夺冠大热门。

中国女排教练班子及时调整应战策略，立即让年轻队员张萍顶替赵蕊蕊，变围绕赵蕊蕊的高点快攻为多点进攻，全队进一步明确依靠整体实力拼强敌的思路。中国女排一场一场地拼搏，在小组赛中，中国队还是输给了古巴队，很多行家都不看好中国女排夺冠，许多观众也都为中国女排捏了一把汗。但是，女排姑娘们按照部署，靠团队精神、集体力量，受挫时不互相埋怨，顺利时互相鼓励，打出了风格，打出了气势，最终杀进了决赛，并在 0：2 落后的不利情况下，保持着高昂的斗志，上演了惊天大逆转，再次摘得奥运金牌。

那么，中国女排凭借什么在奥运会上战胜了那些世界强队，凭借什么在决赛中反败为胜，成功摘金？陈忠和在赛后接受采访时深情地说："我们没有绝对的实力去战胜对手，只能靠团队精神、靠拼搏精神去赢得胜利。用两个字来概括队员们能够反败为胜的原因，那就是忘我。""没有完美的个人，只有完美的团队"，中国女排在雅典奥运会冠军争夺赛中那场惊心动魄的胜利就很好地证明了这一点。

真正的团队就应该这样，有英雄，但并不是靠英雄而存在的，没有英雄的团队也能获胜。同样，要在企业中落实军事化思想，学习解放军的优秀作风，就必须高度重视组织的建设，让团队的优势成为企业的优势。

▶ 作风建设中的流程：每个环节都马虎不得

俗话说："铁打的营盘，流水的兵。"军队的优良作风是如何传承下来的？这值得每个企业管理者深思。

军队之所以能够在流动性相当大的情况下，保证在不同时间、不同地点有着大同小异的优良作风，其制度上的设计可谓功不可没。一个好的制度不会随着人的改变而改变，而是反过来，让人主动地遵守、维护它。这个制度想要在广大的区域和人群中展开，就更需要它有一套细化的流程与标准，这便是标准化作业的流程。像沃尔玛、肯德基、麦当劳等许多跨国公司，之所以能够在世界各国遍地开花，甚至由子公司"无性繁殖"出更多的分公司，其秘诀亦在于此。只要制度摆在那儿，标准化的生产流程摆在那儿，那么不管你开设在什么时候、什么地方，雇佣了什么人，他们都能生产出一样的完美产品，提供一样的完美服务。

这样的标准化建设不仅要求流程中的第一个步骤是经过科学计算的，而且每一个步骤都必须被严格地遵守。比如麦当劳的工作手册就规定薯条只能在 8 分钟内售出，否则便是过期产品，要毫不犹豫地扔掉。这项规定并没有因为个别地方或个别人的因素而改变，这使得麦当劳的产品质量和企业信誉得到了最有力的维护。

在作风建设中，企业管理者还应该注意命令的有效传达和员工的信息反馈。一些好的制度、好的建议最终有没有传达到每个员工那里，又得到了怎样的实施，在实施的过程中又碰到了哪些新的问题……这些对于企业来说，都是极为重要的。因此，企业的管理者还应该注意信息渠道的畅通性，让上令能够下达，让下声能够上传，从而使得整个企业成为有效沟通的一个整体。

在作风建设的过程中，管理者还应该注重适当的放权，用人不疑，发挥员工的主观能动性。事实证明，在这种情况下，人才的激情与能力能够得到最大限度的释放，工作态度也较之以往更加积极主动。授权并不意味着权力的丧失，而是权力的分配与转移，是科学地运用权力。每个管理者的时间、精力和智力都是有限的，只有懂得适度放权，尤其是重用和充分信任基层干部，才能腾出更多的时间来关注大目标、制订大计划、解决大问题，从而带好队伍，管好团队。

此外，企业管理者还应该完善监察体系，注意人才的流动使用，注重员工的品德培养。可以说，这些关乎制度的每一个流程都至关重要，都马虎不得。它们有如水桶的每一块木板，少了哪一块都不行。只有把流程中的每一个环节都落实到位，企业的制度才能得到有效的执行，作风建设才可能高效、保质地开展。

▶▶ 作风建设中的文化：要建立怎样的企业文化

目前关于企业文化的定义，国内外的说法不下几十种，但大体说来，它包含了以下几方面的内容：

企业文化是人们相互作用时共同遵循的行为规范；

企业文化是为组织所共有的主要价值观；

企业文化是指导企业制定职工和顾客政策的宗旨；

企业文化是企业独具的一种精神文化，亦称企业精神；

企业文化是企业员工所认同的一种群体意识；

企业文化是一定的社会文化在企业的具体化和个体化；

企业文化是企业及企业员工的观念形态、文化形式和价值体系的总和；

企业文化是企业中人的变化，其核心作用是企业精神；

企业文化是和政治文化、社会文化相对独立而存在的一种经济文化；

企业文化是企业及其员工所创造出来的物质成果和精神成果的表现；
……

只要稍加留心，我们就会发现，企业文化并不是什么玄而又玄，或者脱离了生产实际的理论，而是跟日常工作密不可分的东西。它包含了企业的愿景、纲领、组织纪律等，但又不简单等同于这些东西的总和，更不局限于此。除此之外，它还融入了企业的价值观、对社会和国家的关注、对个体的人文关怀乃至一定的信仰因素等。一言以蔽之，企业文化是企业及其员工在长期的生产经营活动中所形成的管理思想、群体意识、价值观念、行为规范和行为方式。

弄清企业文化是什么之后，我们便很容易理解企业文化的重要性何在了。规章制度是刚性的东西，而企业文化是柔性的，更容易得到员工心理上的认同；规章制度是具体的东西，容易随着时间流逝或生产、经营方式的改变而改变，而企业文化却是本质上的东西，不会轻易改变。规章制度和生产方式是种工具，是门技术，而企业文化则是价值理念和精神信仰。员工们如果融入企业文化中，自然也会认同企业的规章制度和生产经营方式，积极主动地维护企业利益，想方设法提高它的效益。

企业在进行作风建设的过程中，也应该把它同企业文化的建设有机地结合起来，使之形成企业上下共同认可的一种价值理念。这样的企业文化有别于一般的单位愿景、机关制度，是独具军队特色的人文精神。企业上下不仅践行着军队雷厉风行、纪律严明、艰苦奋斗等作风，而且从心底真正认同这些东西。

一般说来，企业管理者可以通过普及现代企业文化的基本知识、发挥企业各个组织的带头作用、培育和强化企业精神、进行现代企业文化发展的战略研究等方式搞好作风建设。在此基础上，企业管理者可以将之打造成企业文化的一部分，融入自己的服务与产品当中，走向海内外市场。须知，将来的企业竞争、企业交流也必将是企业文化的交流，作风建设在其中将占据着重要的一席之地。

▶ 作风建设中的个人："我"要如何成长

企业关于作风建设的规划再好，最终也还是要落实到一个个活生生的人身上。因此，个人如何落实作风建设，将是至关重要的一环。

从企业管理者的角度来讲，他必须做到以下几个方面：

首先，实行标准化管理，落实到每个人头上。在标准化管理的模式下，谁也不能随便拖拉或推诿责任。每个人对工作负责、对上级负责才是对自己负责。

其次，严格执行，立功必赏，违者必罚。只有做到制度面前人人平等，不搞特殊化，才能够引起每个人内心的触动，让他们真正认同企业的其他制度，积极地参与作风建设。

再次，注意培养核心员工。进行作风建设跟开展其他项目一样，要注重优秀成员的发掘与培养，从而为作风的成功建设进行核心力量乃至干部成员上的储备。

此外，企业管理者要适时提拔骨干成员，多给年轻人一些机会，让成员们感觉到榜样的力量，知道自己只要努力了也能得到奖励或提拔，觉得有奋斗的目标。

总之，管理者要注意把工作、奖励以及愿景落实到每个人头上，把个人和团体有机地结合起来，让团体在个体的成长中壮大，让个体在团体的发展中提升。

从普通员工的角度来说，他也应该转化或强化这样的思想观念：积极主动地投身到作风建设当中。作风建设不同于企业里的文娱活动，不是谁可以参加、谁不能参加或谁愿意参加、谁不愿意参加的问题。它是整个团队进行纪律和理念上升华的一次"大练兵"，并且形成制度化的东西。在这个过程中，谁也不允许存在例外情况，否则后果难料。因此，从普通员工的角度来说，他也应该意识到这个问题的重要性，努力配合甚至主动投身到这场建设活动中。

　　普通员工要投身到这样的建设中，最重要的是先转变自身的观念，将个人的奋斗目标同企业的愿景、规划结合起来，并在工作的过程中适时地修正、调整。转变观念以后，员工还应该强化纪律观念和忠诚意识，绝不允许自己有懈怠、推脱或"身在曹营心在汉"的观念，要积极主动地配合领导和企业的调度与分配，努力使自己成为一名钢铁战士。在这些要求背后，其实是员工的自觉、自律意识。一名员工只有不断地对自己进行思想教育，时时反省，注意总结，才能更好地融入这样的工作活动中，否则自己若跟企业朝着两个不同方向使劲，势必伤了自己，甚至落个两败俱伤的不利结果。

　　此外，在作风建设的过程中，企业管理者和员工自身也要注意学习能力的提高，以及学习习惯的养成。正如《礼记》所说的，"学然后知不足，教然后知困。知不足，然后能自反也；知困，然后能自强也"。一个人只有不时地对比自己和其他人乃至这个社会的差距，不断地迎头赶上，才能保持良好的工作作风，维持最强大的执行力和战斗力。

第二部分

军事化管理剖析：

好作风如何养成

第四章

作风之愿景：
目标明确，树立企业信念

▶ 解放军成长秘诀：为人民打仗

　　淮海战役中，一批被俘的国民党将领被送到华东军区解放军官训练团学习改造。当讨论到淮海战役国民党为什么失败时，被俘的第八军军长周开成说是天公不作美，一场大雪让国军的坦克、飞机、大炮等现代武器的发挥受到了阻碍。第四十四军的军长王泽浚却不这么看，他说道："我被俘后，从沂水送到益都'解训团'，一路上走着走着就不知不觉掉了队，这是为什么？因为我被大批的民工、民夫所吸引。他们挑着、推着、扛着、抬着，送粮食、运物资，浩浩荡荡，络绎不绝。他们是一路小跑一路唱，生活条件很苦，情绪却那么高涨。他们为什么干得这么起劲？更使我感到奇怪的是，没有一个解放军看押，民工中有人带了枪，也是自卫武器。再看看我们国军，到哪里老百姓都跑得精光，即使抓到一些民夫，也要派兵看押。抓来的民夫越多，看押的士兵就越多，能打仗的部队也就越少。而解放军则不然，民工民夫越多，粮食、弹药、物资等就越有保障。想来想去，我终于想通了：国民党失败的原因，不是天公不作美，而在于失掉了民心。逆民者亡，这是自古以来的规律。"

　　军队全心全意地为人民服务，为人民打仗，自然能够得到老百姓的支持，反之则只有灭亡。俗话说得好："军民团结如一人，试看天下谁能敌。"

人民解放军的最终胜利，其实也是民心的胜利。"得民心者得天下"，军队也好，政党也罢，乃至其他组织团体，如果脱离了人民群众，总是不会长久的。1944年9月，毛泽东在中央招待留守兵团学习代表时说："我们的军队，是真正的人民军队。我们的每一个指战员，以至于每一个炊事员、饲养员，都是为人民服务的。我们的部队要和人民打成一片，我们的干部要和战士打成一片。与人民利益适合的东西，我们要坚持下去，与人民利益矛盾的东西，我们要努力改掉，这样我们就能无敌于天下。"

在抗日战争时期，军民团结成为我军战胜任何艰难险阻的制胜法宝。在当时的陕甘宁边区，"父送子、妻送郎，兄弟争相上战场"，随处可见人民群众系着红绸、扭着秧歌慰问子弟兵的动人场景。

到了解放战争时期，解放区的军民团结发展到了登峰造极的地步。在规模空前的运动战中，广大人民群众冒着枪林弹雨，以各种方式支援解放军，使之有了取之不尽、用之不竭的人力和物力资源。特别是在辽沈、平津、淮海三大战役中，数百万民工推着小车、抬着担架，随部队转战南北，奋勇支前，部队打到哪里，人民群众就支援到哪里。据不完全统计，在辽沈、淮海、平津三大战役中，各地直接服务于前线的民工达到940万人，支援大小车辆82万辆、粮食8亿斤。战场军民比例可达到一兵一民、一兵二民，甚至一兵三民的程度。陈毅元帅曾经深有感慨地说道："淮海战役的胜利，是人民群众用小车推出来的。"

不知你是否还记得中学课本上关于英雄安泰的希腊神话？安泰是大地母亲的儿子，力大无比，无人能敌，甚至天神也惧他三分。为了战胜他，很多人绞尽脑汁，但都不能奏效，直到后来有人发现了他的秘密，才将他打败。原来他的力量来自于他的母亲——大地，一旦离开大地，他就会失去力量。因此，有人趁他熟睡的时候将他举了起来，使他脱离大地，然后将他在空中活活捏死了！其实，任何组织或个人如果脱离了人民，就像安泰脱离了大地，等待他（们）的终将是失败的命运。

那么，人民解放军是怎样争取民心、扎根于人民的呢？

1945年4月24日，毛泽东在中共七大上做了一篇名为《论联合政府》

的政治报告。他在报告中指出："我们共产党人区别于其他任何政党的又一个显著的标志，就是和最广大的人民群众取得最密切的联系。全心全意地为人民服务，一刻也不脱离群众；一切从人民的利益出发，而不是从个人或小集团的利益出发；向人民负责和向党的领导机关负责的一致性；这些就是我们的出发点。共产党人必须随时准备坚持真理，因为任何真理都是符合人民利益的；共产党人必须随时准备修正错误，因为任何错误都是不符合人民利益的。"解放军的发展壮大，其实也是不断地为人民打仗、为人民服务的过程，由此衍生出来的人民军队建设思想、人民战争思想更是这一过程的伟大思想结晶。

正是有了这么一种思想，我军哪怕是在最困难的时期，也能保持昂扬的精神状态，吸引无数的平民百姓。据统计，在抗战胜利后，中共控制的解放军面积达到近 100 万平方公里，人口近 1 亿，正规军队的总人数则有 120 余万之多，民兵总数达 220 万人，遍布全国 19 个省的各大解放区。更令人称奇的是，在这么艰难、分散的情况下，没有任何一个解放区"割地称王"。这便是宗旨与精神的力量！

相反，在抗日战争期间，国民党虽然也听取了白崇禧的建议，在日伪控制区域内搞游击战，但部队从一开始就脱离群众，在艰苦复杂的环境面前束手无策。在日军接二连三的扫荡之下，不少部队甚至干脆投降，成为伪军，如第 24 集团军庞炳勋部、第 39 集团军孙良诚部、新编第 5 军孙以工部、鲁苏战区游击纵队李长江部等。这些原本用于打击敌人的有生力量反倒成了日寇的帮凶。可见，是否服务于人民，是否扎根于群众，最终导致的结果是大不相同的。

▶▶ 海尔：敬业报国，追求卓越

不独军队与战争必须服务于人民，扎根于群众，公司的生存与发展也遵循着同样的道理。

工作或创业之初，人们可能只是想着赚大钱，成家立业，养家糊口，过好一点的生活，但这终究不能使个人或公司走向最高的境界。管理大师彼得·德鲁克曾提出管理有三个经典命题，即管理者必须完成的三项重要而极不相同的任务：一是实现组织的特殊目的和使命，二是使工作富有活力并使员工有成就感，三是处理组织对社会的影响和对社会的责任。其中，第三项尤其重要而难能可贵。没了它，公司就很难发展壮大，也难以产生持久的工作热情。

在这方面，日本的松下就是一个典型案例。

松下幸之助于1918年开始创业，经过努力，他把一个只有几名员工的小厂慢慢发展成具有相当规模的松下电器公司。随着事业的发展，松下幸之助个人及其家庭的物质生活条件不断改善，他再也不用为衣食而忧了。可这样一来，他反倒失去了前进的动力。用他自己的话说，有了几辈子都花不完的钱，干吗还要继续努力去经营公司？

直到1932年的某一天，松下幸之助参加了一个宗教活动，深深地被信徒们表现出来的虔诚所感动。他晚上回家后浮想联翩，突然想到公司与宗教的相通之处：宗教满足人们的精神需求，而公司满足人们的物质需求，二者都是造福社会的神圣事业。企业家应该通过向顾客提供物美价廉的商品这种方式来服务社会，这才是办公司的意义。

想到这里，松下幸之助豁然开朗，兴奋不已。"我懂得了真正的使命，心情无比激动，这同以前曾有过的无数次创新时所感觉到的喜悦心情一样，是无法形容的。我全身热血沸腾，深深感到工作的崇高和严肃。"第二天上班后，松下幸之助将全体员工召集在一起，发表了热情洋溢的讲话，宣布了松下电器公司的宗旨，强调公司从此有了新的生命，并将那一天即1932年5月5日，定为公司的诞辰。此后，每年的5月5日就成为松下公司正式的创业纪念日。

可以说，松下公司能有今日的成就，与松下幸之助的使命感有着莫大关系。

反观中国，经过30年的改革开放，国内确有相当一批企业家走出了艰苦创业阶段，手中积攒起巨额财富，但问题也接踵而来，其中最核心的问题便是：继续发展的动力何在？几年前，张瑞敏在与记者的一次交谈中，谈到现在不少民营企业家，特别是南方一些企业家，已感觉不到办公司有什么乐趣了。因为市场竞争越来越激烈，经济秩序越来越规范，经营公司的难度明显加大，而企业家手里的钱已经不少了，完全够花了，再干下去实在没多大意思，还不如随便玩玩，享受人生。因为花出去的钱才是自己的，放在账上的只是数字。张瑞敏认为，这可不是好现象。国企的管理者因为钱少不愿意干，民营企业家则因为钱多也不想干了，那中国的经济怎么办？张瑞敏认为，在中国真正成大事的人，要有一种觉悟、一种境界，有一种为国家、为民族、为本公司员工甘愿奉献牺牲的精神。"我们在市场竞争中首先战胜的不是对方，而是我们自己，战胜自身的缺点，提升自身的综合素质。"否则，最后极可能像联想董事局主席柳传志所批判的，"脚踩西瓜皮——滑到哪里是哪里"。

人如其言，张瑞敏所领导的海尔集团就是这方面的一个成功范式。

1985年，张瑞敏刚到青岛电冰箱总厂（也就是后来的海尔）的时候，厂里的产品充满缺陷。一天，张瑞敏的一位朋友要买一台冰箱，结果挑了很多台都有毛病，最后勉强拉走一台。朋友走后，张瑞敏派人把库房里的400多台冰箱全部检查了一遍，发现共有76台存在着各种各样的缺陷。张瑞敏把职工们叫到车间，问大家怎么办。多数人提出，也不影响使用，便宜点儿处理给职工算了。当时一台冰箱的价格800多元，相当于一名职工两年的收入。

张瑞敏却出人意料地说道："我要是允许把这76台冰箱卖了，就等于允许你们明天再生产760台这样的冰箱。"他宣布，这些冰箱要全部砸掉，谁干的谁来砸，并抢起大锤亲手砸了第一锤！很多职工流下了眼泪。然后，张瑞敏告诉大家——有缺陷的产品就是废品。张瑞敏也因此被人们称为"挥大锤的企业家"。可就是这么一个"挥大锤的企业家"，却在三年后为厂里捧回了我国冰箱行业的第一块国家质量金奖奖牌。

到了20世纪80年代初，张瑞敏去德国考察，发现外国的超市里竟然没有一种中国制造的商品。巧的是，他还赶上了当地一个盛大的节日，陪同的德国人指着腾空而起的焰火告诉他："这是从你们国家进口的。"听到这话后，张瑞敏感到心在滴血："难道中国人只能永远靠祖先的四大发明过日子吗？"中国人必须有中国自己的国际名牌——张瑞敏一次次地这样告诫自己！从此，"敬业报国，追求卓越"成为海尔的灵魂支柱，也树立起了中国公司的第一个文化图腾。

1991年，海尔第一次向德国出口冰箱。当时，德国海关和商品检验局都不相信中国产品，8000台海尔冰箱硬是进不了德国。不得已，海尔请检验官把德国市场上所有品牌的冰箱和海尔冰箱都揭去商标，放在一起检验。检验的结果表明，海尔冰箱获得的"＋"号最多，甚至比海尔的"老师"利勃海尔还多几个"＋"号。这下，德国人服气了，纷纷订货。不久，海尔又碰上德国检测机构对市场上的冰箱进行质量检测，五个项目一共拿了8个加号，名列第一。

事实表明，一个公司想要求得长足的发展，获得持久的动力，一定要根植于国家与民族这块土地当中，否则很容易陷入小富即安的状态，员工们也很容易消极度日，或者逐利而走。

▶ 为谁当兵：以主人翁的心态去工作

尽管战争已经离我们很远了，但军队里的口号依然未变："同志们辛苦了！""为人民服务！"或许有人会说："都什么年代了，怎么还用这么老土的口号？"然而，人民解放军能够永葆青春、赢得尊重，也恰恰在于这一点点"老土"。时代在变，人却不会变，"为人民服务"的宗旨更不会变——这跟战争年代的"为人民打仗"是一脉相承的。

入伍之初，部队里总要举办若干次大的思想教育活动，讨论"当兵为什么"、"为谁当兵"等问题。新老同志之间、官兵之间畅所欲言，相互交流。老同志谈自己入伍几年来在部队的成长经历，谈自己的亲身感受，谈自己通过努力所取得的成绩；新同志则谈自己来当兵的目的，以及到部队后的感受和愿望。通过这样的交流，官兵们都树立或重温了"为人民服务"、建功立业为祖国的理想，从而为今后的工作奠定了良好的思想基础。可以说，树立了这一理想的士兵很少有消极懈怠的时候，走入社会后也更能主动地融入工作当中，积极主动地承担起自己的责任。

1928 年 11 月，毛泽东在给中共中央的报告中写道："红军废除了雇佣制，使士兵感觉不是为他人打仗，而是为自己、为人民打仗。"朱德也曾语重心长地对部队官兵说："我们打仗究竟为谁，过去许多同志不知道。我们有的同志说国民党军队是帮蒋介石打仗。我们是帮毛主席打仗，说国民党军队帮蒋介石打，这是对的，可是说我们帮毛主席打，那就错了。同志们要知道，正相反，我们是为你们，毛主席和我都是为你们，为士兵服务，士兵又为人民打仗，为自己翻身打仗的。"正是由于较好地处理了"为谁当兵"、"为谁打仗"等问题，广大官兵们作战时才能显得如此英勇顽强、奋不顾身。

相比之下，现在的很多公司则因为理想的缺失，丧失了起码的工作热情。2004年底，中华英才网对6000多人进行了一项网络调查。调查的统计显示，有58.6%的受调查者出现了轻微的工作厌倦状态，即对工作不再抱有以往的热情；有26.5%的受调查者出现中度的工作厌倦，即需要借助休假或跳槽来进行自我调整；还有9.1%的受调查者则表示极度厌倦工作。出现这种现象的原因就在于不知为何工作，缺乏工作热情，遑论积极主动地承担责任了。

一家公司正在招聘新员工。来了不少应聘的人，看起来一个个精明干练。面试的人一个个进去又一个个出来，大家看起来都是胸有成竹。面试只有一道题，就是谈谈你对责任的理解。对于这样的一个问题，很多人都认为简单得不能再简单。

然而结果却出人意料：一个人都没有被录取。难道这家公司成心不想招人？

"其实，我们也很遗憾，我们很欣赏各位的才华，你们对问题的分析也是层层深入，语言简洁畅达，令各位考官非常满意。但是，我们这次考试不是一道题，而是两道，遗憾的是，另外一道你们都没有回答。"经理说。

大家哗然："还有一道题？"

"对，还有一道。你们看到躺在门边的那个笤帚了吗？有人从上面跨过去，有的甚至往旁边踢了一下，却没有一个人把它扶起来。"经理最后说道，"对责任的深刻理解远不如做一件负责任的小事，后者更能显现出你的责任感。"

一些人或许会觉得这个考官城府太深，但人品的优劣、事业的成败往往就体现在细节上。工作中，应多想想你工作的意义在哪里，对社会有何贡献，而不是想着我是在为某个老板打工、为某家公司服务，要化被动为主动，主动承担责任，从平凡、繁忙的工作中发现自己的价值。在今天这个时代，提倡纯粹的奉献是不现实的，但绝大多数工作在服务社会与完善个人方面的方向是一致的。好的员工不仅能够通过工作实现自己的价值，还能更好地服务于社会，而这种负责、主动的心态还能给他带来意想不到的收获。

　　詹尼斯在国际贸易公司上班，他很不满意自己的工作，愤愤地对朋友说："我的老板总是对我吹毛求疵，他总是说我做得不好，而且还说，我只有在他的监督下才能做得好。改天我要对他拍桌子，然后辞职不干。"

　　他的朋友对他说："是不是老板不在，你就很放松呢？"

　　"那当然了，谁不是这样？"

　　"如果你总是在老板的监督下才干活，那么你现在辞职走了，轻松的是不是老板？"

　　"大家都是这样。"

　　"我建议你把公司的贸易技巧、商业文书和运营过程完全搞通，甚至如何修理复印机的小故障都学会，成为公司不可或缺的人，那么你再看看老板是不是还是那样的督促你。如果他还这样说，那么你就拍桌子走人。你用他们公司做免费学习的地方，什么东西都学会之后，再一走了之，不是既有收获又出了气吗？"

　　詹尼斯听从了朋友的建议，从此便默记暗学，下班之后，也留在办公室研究商业文书。

　　一年后，朋友问他："你现在许多东西都学会了，可以准备拍桌子不干了吧？"詹尼斯不好意思地说："可是我发现近半年，老板对我刮目相看，也不再监督我了，最近更是不断委以重任，又升职，又加薪，我现在是公司的红人了！

　　这就是心态不同的结果：以前老想着为谁工作，被谁监督着，很被动，也很辛苦；如今想着是自己要学点什么、做点什么，就没了那种被动感了。好的员工就是要这样，不管最终是为人，还是为己，都要学会主动担当，以主人翁的心态去工作。

▶ 愿景是组织不断成长的力量

在革命战争年代，环境十分艰难，条件也很艰苦，但人民解放军之所以能一路走来，不断地胜利与成长，就是因为他们有着远大的共产主义理想和坚定的革命信念。没有这种理想与信仰的支撑，胜利便是不可想象的。在很多时候，精神的力量要远远超过物质力量，甚至可以说，没了精神的支持，物质力量再强也没有用。

抗战期间，毛泽东就曾指出："军队的基础在士兵，没有进步的政治精神贯注于军队之中，没有进步的政治工作去执行这种贯注，就不能达到真正的军官和士兵的一致，就不能激发官兵最大限度的抗战热忱，一切技术和战术就不能得着最好的基础去发挥它们应有的效力。"在公司里，这种"进步的政治精神"则被概括为愿景。

中国共产党的愿景是求得民族的独立与解放，实现共产主义理想，公司的愿景则有大有小，但有一点是固定的：愿景是组织不断成长的力量。管理者有了愿景，才能产生持久的前进动力，永不懈怠；员工们有了愿景，才能激发起无限的热情，跟公司一起奋斗；公司有了愿景，才会不断发展壮大、服务社会，赢得世人的尊重。

日本著名的企业家松下幸之助在松下公司获得新生的 5 月 5 日这一天，对全公司 168 位主管宣读了第一份现代企业家的"宣言书"。他的宣言书是这么写的："我的使命不应该只是为了松下，而是战胜贫穷，实现民众富有。怎么办？那就是大量创造民众所需的产品，为民众创造更多的财富。什么时候我们的产品像自来水一样成为人们时刻离不开的重要产品，做到既方便又便宜地满足民众需要，贫穷就会消失。这个设想，需要许多时间，可能要两三个世纪，但永远不要放弃这个看法。从今天起，这个遥不可及的梦想、神圣的呼唤，将成为我们的理想和使命，让我们分享为追求这个使命带来的乐趣和责任吧，为后代人幸福努力奋斗！"

这样的宣言让人为之动容，也激发了松下员工的工作热忱。从此，松下公司沿着松下幸之助所设立的愿景不断地奋斗，直至今天。

事实上，公司的愿景也是员工自己的愿景，员工在其中既能看到宏观、伟大的愿景，也能看到细微、切己的愿景。革命之初，中共将领拿什么来感召自己的士兵？答案很简单：让穷人过上好日子！中共最振奋人心的口号之一也是"打土豪、分田地"。这些口号振奋了一代人，吸引了无数贫苦人和知识分子加入这个团队，坚定地走革命之路。在这里，他们既能看到自己的愿景，也能看到革命的愿景，既能实现自己的目标，也能在革命中铸造时代的伟大。每次打仗结束之后，我军都会把作战所得和上次结余汇总平分，俗称"分伙食尾子"，让每个人都享受到组织成长所带来的快乐。

对此，美国的汽车大王亨利·福特则说得更加具体，"我要让我的工人买得起T型车"，把公司的愿景跟大多数员工的愿景很好地结合了起来。"再没有比工资更重要的问题了。因为这个国家的大多数人都是靠工资生活的，他们生活水平的提高决定着这个国家的繁荣。"

尽管"再没有比工资更重要的问题了"一说在今天被断章取义，受到了非议，但不可否认的是，它很好地把员工团结在了公司周围，让双方的愿景在很大程度上实现了方向基本一致。从1914年开始，福特汽车公司开始向工人支付每天5美元的工资，而当时工人普遍的工资只是每天2～3美元。一时之间，求职者在福特汽车工厂外排起了长队，希望能够获得一份工作。不久，福特又宣布福特汽车公司改变两班倒、每班9小时的工作制度，而将实行昼夜工作、三班倒、每班8小时的工作制度，从而为更多人提供就业机会。

福特公司的一位代表如此说道："我们相信，社会公道在国内开始了。我们要让那些帮助我们产生这一伟大制度并保持它的人和我们一起分享我们的成果。"从此，美国工人所得的工资不再仅是维持生计的部分，而劳资关系也逐渐包括了养老金、医疗保险、失业保险等。不久，美国的中产阶级由此诞生了。

一个组织有了愿景，才能更好地激发成员的斗志，才能吸引更多的人才参与其中。好的愿景更是能将组织的愿景与个人的奋斗目标结合在一起，让个人在组织的工作中看到希望。共同的愿景导致了共同的关切，共同的关切则是共同奋斗的根本动力。《基业常青》一书的作者詹姆斯·柯林斯和杰里·波拉斯说道："目光远大的公司更强烈、更彻底地向雇员灌输公司愿景，它们创造出一种强烈的崇尚其愿景的氛围，就像崇拜宗教一样，它们在行动上与其愿景更加一致——比如在制定目标、战略和战术及组织设计方面。"相反，缺乏共同愿景、不重视共同愿景的团体只能是乌合之众，追逐名利而走，到了关键时刻难免不溃不成军、一哄而散。

旧中国的军阀大都是投机分子，信奉的是"有奶便是娘"。例如，湖北督军王占元一生数易其主：1895年他到小站投靠袁世凯，袁世凯死后投靠冯国璋；张勋复辟时，他积极参与，张勋复辟失败后立即翻脸不认账；冯国璋死后，他投奔直隶的曹锟、吴佩孚，但又与段祺瑞的皖系藕断丝连；与直系闹翻，被曹、吴赶出湖北后，他便极力巴结张作霖，但第一次直奉战争后，张作霖被赶回东北，王占元摇旗一变，又重新巴结曹、吴，出任陆军检阅使。1924年直奉第二次大战后直系惨败，张、段对其所为渐生反感，于是他失去活动余地。北伐战争爆发，王占元就彻底销声匿迹了。这样的例子史不绝书，留给军队与公司的教训都是深刻的。

《孙子兵法》云："上下同欲者胜。"公司要拥有上下"协同的力量"，取得长足的发展，恐怕唯有从创造共同愿景、重视共同愿景做起了。

第五章

作风之统一：
统一行动，服从铁的纪律

▶ 从《爱民歌》到"三大纪律，八项注意"

1858 年（咸丰八年），曾国藩在江西建昌营中亲自编写了一首《爱民歌》。其歌云：

三军个个仔细听，行军先要爱百姓，
贼匪害了百姓们，全靠官兵来救生。
第一扎营不贪懒，莫走人家取门板，
莫拆民家搬砖石，莫踹禾苗坏田产，
莫打民间鸭和鸡，莫借民间锅和碗。
第二行路要端详，夜夜总要支帐房，
莫进城市进铺店，莫向乡间借村庄，
无钱莫扯道边菜，无钱莫吃便宜茶，
更有一句紧要书，切莫掳人当长夫。
第三号令要声明，兵勇不许乱出营，
走出营来就学坏，总是百姓来受害，
或走大家讹钱文，或走小家调妇人。
爱民之军处处喜，扰民之军处处嫌，

军士与民如一家，千记不可欺负他。

当时湘军与太平军交战甚酣，曾国藩写《爱民歌》的目的，就是以此约束、教育湘军官兵，加强纪律性，以赢得民心、提升作战能力。今人在谈到太平天国的失败时，往往喜欢强调地主阶级的残忍本性和中外反动势力的相互勾结，却忽略了双方军队的差异，尤其是曾国藩所带领的湘军的可取之处。

清朝中叶，政府腐败加剧，自然灾害频繁，兼之地方起义不断，老百姓饱受其苦。当时民间流行这么一句话："匪过如梳，兵过如篦，官过如剃。"谁来都是纪律败坏，百姓遭殃，真是"兴，百姓苦；亡，百姓苦"。太平天国虽说有其可歌、可感的地方，但它的一些队伍其实跟土匪流寇没有多大差别，一样烧杀劫掠、到处裹胁，可悲又可恨。曾国藩就是在这样的情况下，从湘军的军纪抓起，改善官军形象、提高战斗力的。练兵时，曾国藩更是"每逢三、八操演集诸勇而较之，反复开说至千百语，但令其无扰百姓"。为了使大字不识一个的士兵能够更好地了解这些东西，他把它们编成了歌谣，除了前面所提到的《爱民歌》之外，还有《保守平安歌三首》、《水师得胜歌》、《陆军得胜歌》、《解散歌》等。正是凭着这样的方式，湘军越打越大、越挫越勇，终于打败了太平天国。抛却意识形态方面的东西不谈，我们不得不承认曾国藩在治军方面的确是个人才！

毛泽东在 1917 年表示道："愚于近人，独服曾文正。"在延安，毛泽东还向一些干部提议阅读《曾文正公家书》。据专家考证，毛泽东后来向曾国藩学习，在革命的实践当中逐渐发展出了著名的"三大纪律，八项注意"。

三大纪律：

（一）一切行动听指挥；

（二）不拿群众一针一线；

（三）一切缴获要归公。

八项注意：

（一）说话和气；

（二）买卖公平；

（三）借东西要还；

（四）损坏东西要赔；

（五）不打人骂人；

（六）不损坏庄稼；

（七）不调戏妇女；

（八）不虐待俘虏。

可以说，这几条规定都很具体、很生活化，但也就是这些有针对性的强制规定加强了部队的纪律性，赢得了民心，提升了战斗力，为最终的革命胜利打下了坚实的基础。毛泽东本人也多次表示道："无论在军队或在地方，党内民主都应是为着巩固纪律和增强战斗力，而不是削弱这种纪律和战斗力。""纪律是执行路线的保证，没有纪律，党就无法率领群众与军队进行胜利的斗争。""必须提高纪律性，坚决执行命令，执行政策，执行三大纪律八项注意，军民一致，军政一致，官兵一致，全军一致，不允许任何破坏纪律的现象存在。"以至于到了今天，全国各地还在流传着我军纪律好的故事。

1936年3月20日凌晨，驻坝海的红军要起程。当一位战士持火把去喂马时，不慎点着屋角稻草，即刻火随风势延及茅屋，烧毁民房20多间。红军及时道歉，安抚灾民，还把马驮着的大洋，三五十不等，依据灾情轻重发放，赔偿损失。红军走后，灾民很快盖起新房，搬入新居。此情此景，令人永世难忘。"天还很不明，火烧坝海营，红军要起身，赔了一驮银。"这首至今流传在当地的民谣，忠实地反映了这一感人的故事。

87岁的村民邓少华说，当年红军来到遵义县新民镇汇民村青山寨时自己已经16岁，来的红军人数并不多，只有几百人，在寨子里宿营一晚后，第二天就赶往附近的团溪去了。他自豪地说，当晚一些红军就住在自己的叔叔家，自己还给红军煮过饭。

邓少华回忆说，红军不乱拿群众的东西，无论走到哪户人家，任凭怎么劝也不肯吃农民的东西。红军来后，立即在寨子里的祠堂开会，宣传革命政策，并打开地主的仓库，将粮食分给穷苦的农民。青山寨宿营的那晚，红军把地主的仓库打开分粮后，将地主家的肥猪也拉来杀了和农民一起分吃。当得知有一头猪是佃户的时候，立即用两斗谷子赔偿了这家佃户。"红军确实是爱护穷苦人的队伍！" 70 余年前的往事让邓少华感慨不已。

这样的故事还有很多很多。也只有这样的军队，才可能是宣传队和播种机，才可能带领全国人民一起取得革命的胜利。

其实早在我国春秋末期，孙武就在其《孙子兵法》一书中指出战争中比较致命的六种情况，"兵有走者，有弛者，有陷者，有崩者，有乱者，有北者"，即双方所处态势相当，却以一击十，导致士兵望风而逃的；士卒强悍而将吏懦弱的；将吏强悍而士卒懦弱的；部将怨怒，不服从指挥，遇敌擅自交战，导致全军崩散的；将领不能严格约束部队，部下不守法纪，行阵混乱的；将帅不能准确地判断敌情，却以少击众，以弱击强，行阵又无精锐的前锋。其实这些都是纪律不够严明所导致的结果，"将之过也"，"败之道也"。后人览此，不可不察！

▶ 张瑞敏：不准在车间大小便

同样是被迫走入现代化进程的东亚国家，晚清的军队为何打不过日本这个蕞尔小国？

著名教育家陶行知和历史学家唐德刚先后谈到了这么一个故事：甲午战争之前，中国海军的力量比起日本来，差不多是倍上加倍，中国兵舰曾气势昂昂地开到日本去示威。当时日本人气在心里。有一个横须贺钲宁府参谋长叫东乡平八郎的，劝大家忍耐一下，他说，中国海军不足怕，不久就可以把这口气争过来的。人家问他何以见得，他回答说，中国兵船的大炮上晒着裤子，纪律如此，士气可知，虽有一二名将，何能为力？

这个日本参谋长眼光果然独到，而陶行知也对此评价道："兵船的大炮上晒裤子，这就反映着主帅糊涂，将士放恣，全军紊乱。甲午战争日本所以胜、中国所以败，这并不冤枉。"

纪律不严，国家必败——这便是血和泪的教训！

张瑞敏刚到青岛电冰箱总厂（也就是后来的海尔）的时候，公司除了产品充满缺陷之外，员工的纪律性也很差，以至于他要出台个"不准在车间大小便"的规定！这个规定在今天看来或许已经显得有些可笑，但它却也折射出海尔当年的荒唐与艰辛。庆幸的是，海尔咬紧牙关挺过来了。如今，纪律已经融入海尔每个人的血液中，成为一种企业文化。海尔的员工很少有迟到的，有的员工未能赶上班车，便会毫不犹豫地"打的"赶去。这被员工看得很平常，因为如不及时赶到，便是违反了纪律。

海尔在兼并其他公司之后，也是凭借着强大的纪律约束保证了扩张的胜利成果，并征服了人心。在张瑞敏看来，由众多大公司集合起来的集团运作，需要一种有纪律的计划和行动，以便统一面对市场，实现卓越经营。员工要有集体荣誉感，绝对服从上级的命令，而且是心悦诚服的服从。这些最终都是靠严明的纪律来实现的。

现在空调总公司一位干部这样回忆他的心路历程：

1991年12月20日那天，海尔集团成立大会在黄海饭店召开，我是同厂里的其他代表一起走进会场的。说实话，当时心里就很不痛快，不少人都认为我们厂好歹也是一个拥有800多人的公司，心里自然有些情绪。同时来到会场的还有冷柜厂的员工代表。但是在听完张总裁讲话后，心里多少有些踏实了。当时，还有一个很深的印象，冰箱厂的部分代表也来到了会场，他们身穿有"青岛海尔"字样的工作服，整齐地坐在会场里，就像军人开会。这景象，我们从没见过，当时就留下了一个很好的印象。在以后的日子里，针对企业管理松散的状况，厂里出台了一系列严格管理措施，抓现场的、抓纪律的、抓管理的……

公司悄悄地发生着变化。1992 年工厂就开始扭亏为盈，当年销售收入突破亿元大关，全厂为之欢呼。在效益面前，许多爱发牢骚的人，开始埋下头来实干。"迅速反应，马上行动"、"用户满意就是我们的工作标准"和质量"精细化、零缺陷"等诸多海尔理念已开始在员工心中扎根。

如果当时的空调厂任其发展下去，人心涣散，兵无战心，毫无市场意识，对空调行业的爆炸式发展充耳不闻，那很快就要被优胜劣汰的市场竞争法则所淘汰。覆巢之下，焉有完卵？真是这样，我们厂恐怕早就不存在了，我们员工也得有一部分成为下岗工人，一月"享受"120 元的工资。空调厂原先的一些"邻居厂"就是一个很好的例证。还是用数字来说话。1996 年 1 至 11 月份空调厂产量超过 35 万台，而加入海尔以前年产量最高不过 5000 台，整整是原来的 70 多倍。员工收入也翻了 10 倍。产品质量自从纳入 OEC 管理模式，一举通过国际 ISO9001 认证，产品出口海外。

这简直像一场梦，空调厂从原来的 20 多亩地，一下子跨入了中国家电最大的成片开发生产基地——海尔园，人员素质也完全改变，整个空调厂来了个脱胎换骨，展现在人们面前的是一个生机勃勃的现代化公司。这便是纪律的神奇功效。

无独有偶，联想董事局的主席柳传志也是通过整顿纪律开始的。当初，大家都没有时间观念，开会经常迟到或早退。为此，他规定：谁迟到，谁罚站。再如万科集团的首席执行官、军人出身的王石，也是以纪律严明而闻名的。万科纪律之严，甚至可以跟军队一较高下。不过，在这里，员工们"执行能力强"，"思想政治工作过硬"，俨然一支训练有素的部队。

在当今社会，我们固然要走人性化管理之路，但另一方面，纪律也是走向成功的保障，二者不可或缺，这在大公司中表现得尤为突出。偌大一个公司，靠什么来统一步伐？靠什么来传达命令？最终还不是纪律？！因此，员工要学会理解公司的规章制度，严格执行，自觉维护公司的信誉与利益，否则便会伤害到团队本身。同样，"正人先正己"，管理者更应以身作则，从我做起，做一名遵守规则、严于律己的好领导。

你始终要记住一点，好的公司，未必是靠纪律发家的，但绝对是沿着纪律严明这一条路走过来的。

▶ 《华为基本法》的启发

谈到纪律，有些人或许会问：纪律严明除了赢得民心、保证秩序、上令下传之外，还有什么用处呢？诚然，光有纪律还不行，公司最终还是要依托先进的产品、技术与管理手段才能走向成功，但在这一过程中，纪律的作用也不可小觑。下面就以《华为基本法》为例，试做一简单说明。

有人说，华为今天的成功直接源于 1996 年开始的制度建设和全面优化管理。这话一点都不夸张。

1998 年，历时三年的《华为基本法》终于出笼了，可怎么执行？由于缺乏经验，自己又无法通过摸索在根本上实现突破，任正非最后下定决心："毕竟我们没有做过世界级公司，没有经历过成熟管理是怎样形成的，只有花钱去买人家成熟的流程管理，实际上是花钱买经验、买时间。"为此，华为又斥资 5 亿元聘请国外管理咨询公司，全面改造华为的流程系统，进行脱胎换骨的改造。

改造首先从研发系统开始。华为过去的研发系统经常出现两个后果：要么实用产品迟迟推不出来，要么摸不准符合市场需求的标准，产品一改再改，无法一步到位。为此，华为早在 1997 年就开始尝试改革研发系统，专门收集过 IPD（集成产品开发）研发管理方面的资料，让公司高层一次又一次地学习，可惜效果不佳。这一回，任正非没再留任何余地："不学习IPD、不支持 IPD 的干部，都给我下岗！"为了保证能够将国际先进的管理体系不走样地移植过来，他甚至下了死命令："5年之内不许进行任何改良，即便不合理也不许动。5年之后把人家的系统用惯了，我可以授权进行局部的改动。至于结构性的改动，那是10年之后的事情。"这便是任正非著名的"三化"理论，即先"僵化"接受，后"固化"运用，最后再"优化"改良。

也正是有了这么一种有些不近人情的纪律在作保证，华为的改造相当成功，也给公司带来了意想不到的成功，至今没有出现过大的管理失误。大家不妨设想一下，在公司改革这种生死关头，如果大家不保持统一步调，命令无法得到有效执行，甚至上令无法下传，那么最终将导致怎样的结果？

这种严苛的纪律可能体现在详细的工作流程当中，比如麦当劳的食品操作规程就多达500余页，其中光制作牛肉饼一项便有20页，涉及40多项流程，并对每一道工序都进行了严格的规定。这种严苛还可能体现在员工的生活细节当中，比如许多公司都要求员工着正装，甚至干脆穿公司为每个人量身定做的工作装。《拯救蓝色巨人》一书中是这么描绘IBM的：

"IBM成功的关键是它精心培育的企业文化，这一文化将优越置于一切之上。然而这一文化也反映了沃森的偏执狂心态，并鼓励员工几乎盲目地去服从他那有时乖僻的信念。其他商界领导人鼓励企业文化遵循严格的业务路线，但对沃森来说，重点总是在强调他个人。其他首席执行官提出含糊的暗示，要雇员穿正式服装。而在沃森的公司着装准则里却事无巨细地规定好了，每件衣服都要符合沃森关于职业商人的形象。该准则坚持要穿黑西服、戴黑领带、穿白衬衫、戴浆好的领子、穿袜带和戴软呢帽。沃森的着装准则是要让IBM的雇员总是仪表堂堂，但他也希望借此让员工对公司忠心耿耿，他认为忠心是IBM成功秘诀的一个重要组成部分。他处理企业文化的奇特办法也许太极端了，但IBM确实主宰了电脑业好几十年，因此要挑剔沃森的奇特风格是很难的。然而，尽管对公司的自豪感可能是他的目标，但他所真正创造的却是一种僵化和千篇一律的风格，你可能会在巴顿将军那样的军官麾下的驯服士兵身上看到这种风格。"

这跟军队里规定几点吃饭、几点睡觉、要穿什么样的衣服、要理什么样的头，是何其的相似！但也就是这样的严格规范化的管理模式，让公司产生了强大的统一性和纪律性，焕发出惊人的执行力。

▶ 令行禁止，不要碰纪律的"高压电"

很多人烦"纪律"或"管理"一类的字词，以为这就是站在老板的角度上考虑问题，是要约束员工自由、扼杀员工个性的东西。其实这是一种很错误的想法。

绝大多数公司的愿景和员工个人的愿景是一致，优秀的公司尤其明显。同样，他们的利益、他们的行动、他们的方式也应该是大体一致的。遵守规章制度，不仅仅是管理者出于公司利益对员工的要求，也是员工维护公司利益进而维护自身利益的内在要求。员工应该主动地将这一切融入自己的生活和思想当中，化消极为积极，自觉地维持公司的正常管理秩序。远的不说，不遵守秩序、不服从纪律的第一受害者便是员工自己。

2003 年，在广东发展银行广州分行开展的"作风建设与规范化服务"检查行动中，番禺支行发生了一个感人至深的砸碎手镯的故事。

为了严格执行《广东发展银行行风建设与规范化服务标准》中不戴手镯的规定，上至番禺支行的领导，下至普通员工，自觉行动，纷纷想方设法脱手镯，脱不了的，就忍痛割爱，砸碎！

番禺支行副行长吴彩凤，有一只外婆送的、已经戴了十几年的手镯。5月份分行转发了总行规范化服务的要求后，吴彩凤立即想办法将手镯脱下，使劲把手镯往下脱，不行；用肥皂涂在手上再脱，也不行。咋办？是违反纪律继续戴，还是执行纪律将手镯砸烂呢？手镯虽然不算很贵重，但毕竟是外婆送的，有老人家的心意在里面；同时戴了这么久，也已经戴出了感情，手镯就像是自己身体的一部分一样。但一想到这是纪律，必须无条件执行，她二话没说，就把手镯砸了。

支行员工冼劲华，她手上那只手镯是她1994年毕业时买的第一件首饰，已经戴了近十年。四年前怀孕的时候人胖了，手镯把手勒出了印，她也没有舍得把它打碎。而现在，她自觉行动，试着用抹肥皂、冰敷等办法想把手镯取下来，但都没有成功。在砸与不砸的选择中，她想着这只伴随自己从做女儿到做妻子、再到做母亲整整十年光阴的手镯，回忆起过去日子的点点滴滴，难断不舍之情。但当她一想起全行都在为"规范管理年"活动作贡献，每一位同事都在自觉遵守规章制度，心里马上有了清晰的决定。第二天一早回到单位，她马上请同事将手镯打碎，然后把碎了的手镯，用一个小红绒布袋装起来小心收藏好。

吴彩凤、冼劲华二人虽然一个是领导，一个是员工，但在执行规定、遵守纪律方面却是毫无二致的。这不仅反映出了二人的高尚风格，也反映出了这家支行高超的管理水平。番禺支行一名员工甚至认为这算不了什么："这很正常啊！身为单位的一个员工，就要服从纪律，听从指挥！"

一位出色的经理人曾举了这么一个例子来说明不遵守纪律的坏处："假设我们三个人同意四点整碰面开会，我们碰面主要是因为我们每个人都要对一件事情贡献出自己的力量，要在会上探讨。但是如果我们之中两个人都在四点整准时来到了会场，另外一个人四点二十分才到，你就明白会有损失了。要么，准时到达的两个人要因为准时来这里而受到了空等的惩罚，要么我们决定不等第三个人而先开始会议，这样第三个人来的时候，我们就不得不将思路退回，重新给他讲一遍刚才的事情。这两种选择我们都有所损失。好的纪律包括了良好的时间管理和好的员工管理两个方面。所有这些我都放到纪律里面了，而且突出强调！"

一名员工如果不能考虑并理解这些基本的理念，不把纪律视为高压线，战战兢兢，如履薄冰，置公司利益和他人利益于不顾，那么别人也没必要尊重他的利益。

小敏，上海某高校计算机专业的高才生，毕业后顺利地进入了本地一家大的软件公司工作，当上了程序员。上班的第一个月，她由于刚毕业，在学校还有一些事情要处理，便经常请假。此外，她住的地方离单位比较远，经常不能按时上下班。好在她技术过硬，和同事一起解决了不少程序上的BUG，领导很看重她的工作能力，并未表示什么不满。

学校的事情很快处理完了，但小敏上班仍像第一个月那样，有工作就来、没有工作就走，迟到早退，甚至在上班时间拉同事去逛街。有一次来了紧急任务，领导安排工作时怎么也找不着她。同事悄悄地提醒她，她却满不在乎，答道："没有什么大不了的！"她认为自己能力够了就行，其他的不必在意。其结果可想而知：在试用期结束后的考评中，小敏的业务考核通过了，但在企业管理规章的考核上给卡住了，她只有接受被淘汰的结局。

当一个人觉得公司的纪律"没有什么大不了"的时候，也是公司觉得他"没有什么大不了"的时候。你愿意成为这种人吗？

第六章

作风之顽强：
排除万难，保证完成任务

▶ 朝鲜战场上的"万岁军"

在谈到中国的军队时，毛泽东曾不无自豪地说道："我们就是不怕牺牲，不干则已，一干就干到底。胡宗南进攻陕甘宁边区，我们的县城只剩下一个，但我们并没有退出边区，吃树叶就吃树叶，就是要有一股狠劲。""我赞成这样的口号，叫做'一不怕苦，二不怕死'。"正是这么一股既不怕苦，也不怕死的狠劲铸造了顽强的作战风格，成就了朝鲜战场"万岁军"的神话。

在抗美援朝初期，中国人民志愿军突破敌军防线，大胆穿插，迂回到敌人后面，将十几万联合国军队"包了饺子"。担负穿插敌后这一艰巨任务的便是38军的113师。当时113师刚完成德川战役的迂回任务，已连续作战两天两夜，官兵饥困交加，极度疲乏，而从德川到美第8集团军腹地还有150多公里的山路。但接到命令后，官兵们二话不说，立即行动，冒着零下30多度的严寒，翻山越岭，急行军14个小时，按时到达指定地点，堵住了敌人的退路，并且在退却之敌和增援之敌的夹击中坚守阵地，为包围西线敌军立下了奇功。战后，彭德怀元帅在一份电报上亲笔批示："38军万岁。""万岁军"的美名由此而来，并不胫而走。

这一仗打得美第8集团军信心全失，士兵不相信指挥官，指挥官不相信还能打胜仗，所有的人一门心思就想着回家。最后，新上任的军长李奇微不得不到各个阵地四处视察，和宪兵一起用手枪把南朝鲜兵逼回了前线。每到一地，他就把军官们集合起来进行一番训话："诸位，美国步兵的老祖宗要是知道第8集团军现在这副样子，准会气得在坟墓里打滚儿！""你们再看看中国军队，他们总是在夜间行军，他们习惯过清苦生活，甚至吃的是生玉米粒和煮黄豆，这对你们来说，简直是饲料，简直是不可忍受的！他们能用牛车、骡马和驴子来运送武器和补给品，甚至用人力肩扛背驮。可我们呢？我们的军队离开了公路，就打不了仗！不重视夺占沿途高地，不去熟悉地形和利用地形，不愿离开汽车，结果连汽车带人一块儿完蛋！"

正是这种特别顽强、特别能吃苦的军事作风使得中国人民志愿军"特别能战斗"，并最终把联合国军逼回了谈判桌。商场如战场，有时需要的恰恰是这种特别顽强、特别能吃苦的精神与作风。

柳传志在回顾联想的发展史时便对这种作风深有体会："联想有时也会遇到一些情况，没法退，只有死攻，一定要不顾一切地把这件事情做完。1992年，联想刚开始做自己的机器，结果质量不好，那时我在香港，听到后很着急。回到北京后考察了具体情况，认识到症结所在，然后开了全体人员会议。我说，如果质量问题解决不了，我就下台。我下台之前，相关人员一定要大砍一批。就这样，当年机器质量就上去了，一环一环牵扯不清的问题都解决了。"

对此，柳传志讲了一个时隔40多年的小故事，来说明他这种作风的思想来源。1961年，时年17岁的他被保送到西安军事电讯工程学院，他的班主任告诉他一件自己亲身经历过的事。在辽沈战役中，该班主任所在的部队——一个战斗力很强的部队有一次到黄永胜的总队里去配合作战。黄永胜跟该团团长约定好占领某制高点的时间。达到目标时，全军发动总攻。

团长坚决保证完成任务，但真打起来时，却怎么也拿不下来。眼看时间快到了，再不行的话要影响总攻了，黄永胜大怒，当场就把团长给撤了，把自己的精锐给换上，上去就打下来了。

"那些战士根本不怕死，一个个往上冲，就是那种劲头。部队的这种精神不得了，为达到目标不顾一切。"柳传志说，"这种一往无前的精神在我心灵深处埋下了种子。"

不独柳传志所在的联想如此，华为、万科等国内优秀公司也是如此。创业初期，万事维艰，员工们只有英勇顽强、不惧困难地连续作战，才能渡过这一难关。别的不说，光是在华为，哪怕到了事业稳定的今天，员工们也经常为了工作加班加点，刻苦攻关，甚至吃在公司、睡在公司，不拿出成果就不出办公室。

进入新时代以后，战争已经离我们远去，但这种精神却永不会改变。正如人民解放军特警队队歌所唱的："历史使命，担在双肩，捍卫祖国神圣尊严。苦练一身神功绝技，塑造一群钢铁硬汉，攻无不克，战无不胜。一声令下，立即行动，无限忠诚听党召唤。"当代军队也好，企业也罢，要的就是这种勇往直前、顽强拼搏的精神。

▶ "人人杀敌，争相立功"下的激励法 》

军队善于作战、勇于作战，除了拥有崇高的愿景、严明的纪律之外，还需要一定的手段来激发与维持，这便是本节所要谈到的激励法。激励方式从内容上来分，可分为精神鼓励与物质奖励；从对象上来分，又可分为激励他人与自我激励。本节所要阐述的偏重于后者。

有人说，好作风是奖励出来的。此话不假，但"奖励"二字未免偏重于物质，而且是自上而下的管理方式。事实上，好的激励方式不仅是领导层的事，也是成员自身的事，不仅对团队有利，对成员自身也是益莫大焉。公司里的员工跟部队里的小兵一样，免不了会有股争强好胜的劲头，尤其是面对强敌的时候。这种争强好胜固然可能由于血气方刚和经验不足而走向极端，但又何尝不是富有激情与活力的表现？只要运用得法，一样可以发挥出惊人的作用来。

从红军时代起，我军就有奖励士兵、杀敌立功的活动。进入抗日战争时期之后，这些活动就更加丰富多彩了，军队甚至把它和团结互助运动、新式整军运动并列为军队群众性政治工作的三大运动。而在解放战争时期，杀敌立功活动则是在山东军区率先开展起来的。延安的《解放日报》抓住这一时机，连续发表多篇社论和短评，称赞这是我军革命英雄主义的新发展，号召全军普遍开展。各部队积极响应，响亮地提出"为人民立功最光荣"、"人人立功，事事立功"、"一人立功，全家光荣"等口号，在全军掀起了声势浩大的杀敌立功运动。从战士到干部，从机关到连队，从个人到集体，从前线到后方，从战时到平时，各地掀起了立功热潮，并逐渐形成了一整套的记功、报功、评功、奖功、庆功、贺功制度。这也成为部队激励官兵、官兵自发激励的一种有效方式，巩固了军队顽强作战的作风。

新中国成立以后，军队这种奖励立功的方式又有了新的发展。从20世纪60年代的"四好连队"、"五好战士"到80年代的学航空兵一师、学"硬骨头六连"、学雷锋的"三学活动"，一直到今天的争创先进单位、争当优秀士兵等活动，都在有力地促进着部队的基层建设。与之相类似的是许多国有公司的发展，如主要由转业官兵组成的大庆石油工人团队，创业时便提出了鼓励人心的口号，"为了早日甩掉我国'贫油'的帽子，有条件要上，没有条件，创造条件也要上"，"宁肯少活二十年，也要拿下大油田"。

这种激励法有点有面，有新有旧，有物质上的，但更主要是精神上的。比如福建泉州的特步集团从2007年开始，便举办"崇尚阳光，追求快乐"的文化之旅，奖励优秀的特步员工。更重要的是，每次活动都会有董事长、副总裁等高级领导参加，"与民同乐"，极大地鼓舞了士气，激发了员工们的认同感和自豪感。这种激励方式运用得法，还可以形成良好的企业文化。

它除了要求组织本身要有功必奖、赏罚分明之外，还需要形成一定的氛围，以及成员自我的认同和激励。在这里，集体荣誉感便显得十分重要。组织要善于营造集体荣誉感，给成员带来自豪感，成员也要自觉维护组织的利益和荣誉，形成良性循环。今日流行的"今日我以××荣，明日××以我荣"，便是这种思想的生动概括。

一般说来，有效的激励方式可以拆分为以下四个关键要素：

一是合适的环境，主要是公司的企业文化、价值观。企业文化是员工开展工作的外部环境，价值观是员工工作目标定向和行为表现控制的软导向。企业文化影响了员工的工作方式，价值观内含了员工工作成果价值判断的标准。没有和公司特质相符合的文化，没有建立公司要做什么、如何做的价值创造体系，没有建立多劳多得的价值分配体系，没有发掘努力工作对个人、对公司和对社会的崇高意义，必然矮化工作的价值，导致员工行为失去方向，脱离公司的期望。

二是合适的员工。"合适的员工"具有两个层面的含义，一是不同的工作有不同的胜任力要求，所以必须尽可能保证人岗匹配。给一个体质柔弱的计算机专家巨额的奖金，要求其从事拳击运动，无论这个奖金有多高都不会有激励作用，因为他不认为自己适合拳击，也不认为自己能赢得比赛从而拿到奖金。公司必须把握主要岗位的胜任力模型和评价标准，并以此来选聘和培养人才。"合适的员工"第二层面的含义是适当数量的人做相同岗位的工作，即通常说的"定编"。定编数据是衡量和改善劳动生产率，合理优化人员结构的有效参照。但是，定编仅仅能够作为短期内人员配置的参考基准，它不是一个可以精准参考的精确值，也不是一个稳定的值。作为参考，只要始终保持和竞争对手的相对、适度领先，就可以从一定程度上保证人员效率和人工成本控制。

三是合适的岗位。作为分工体系的产物，岗位成为工作分割的基本单位。工作的划分不清晰、不科学，接口不严谨、不流畅，从事该工作便不利于生产力的提高和人的发展。一般而言，分工越细，依靠学习曲线，员工会越来越专业，员工的成就感会越高，劳动生产效率也会越高。因此，岗位的划分可能需要适度丰富化，相应的，人员配置工作需要精细化，人才开发需要制度化。

第四个关键要素，也是最后一个关键要素，是合适的反馈或回报。员工从事工作，必然有其追求，给予员工适当的反馈或回报就是有效激励的必然环节。在本环节，人们熟知的手段就是物质报酬的增长。

公司若能做到这四点，让员工们开始热爱工作，还会是什么难事吗？

▶▶ 人在阵地在：责任重于泰山

现在很多人对"人在阵地在"这一说法已经很熟悉了，但未必有几个人了解这句话的来源。下面就让我们来重温关于它的一个英雄故事吧。

杨根思是中国人民解放军"全国战斗英雄"和中国人民志愿军"特级英雄"。他于1944年2月参加新四军，1945年11月加入中国共产党，1950年10月参加中国人民志愿军赴朝作战。他作战勇敢，屡立战功。

1950年11月，在抗美援朝战争第二次战役分割围歼咸镜南道美军战斗中，时任志愿军某部连长的杨根思，奉命带1个排扼守下碣隅里外围1071.1高地东南小高岭，负责切断美军南逃退路。11月29日，号称"王牌"军的美军陆战第1师开始向小高岭进攻，猛烈的炮火将大部分工事摧毁，杨根思带领全排迅速抢修工事，做好战斗准备。待美军靠近到只有30米时，他带领全排突然射击，迅猛打退了美军的第一次进攻。接着，美军组织两个连的兵力，在8辆坦克的掩护下再次发起进攻，他指挥战士奋勇冲入敌群，用刺刀、枪托、铁锹展开拼杀。激战中，又一批美军涌上山顶，他亲率第7班和第9班正面抗击，指挥第8班从山腰插向敌后，再次将美军击退。美军遂以空中和地面炮火对小高岭实施狂轰滥炸，随后发起集团冲锋。他率领全排顽强抗击，接连击退美军8次进攻。当投完手榴弹，射出最后一颗子弹，阵地上只剩他和两名伤员时，又有40多名美军爬近山顶。危急关头，他抱起仅有的一包炸药，拉燃导火索，纵身冲向敌群，与爬上阵地的美军同归于尽，英勇捐躯。

随后，杨根思被追授"特级战斗英雄"称号。志愿军司令员彭德怀同志亲笔题词"中国人民的优秀儿子，国际主义的伟大战士，志愿军的模范指挥员"。杨根思以"人在阵地在"的英雄气概保证了战役的胜利，感动和鼓舞了无数中国人。从此，杨根思与"人在阵地在"的精神紧紧地联系在一起。

在工作中也是如此，只有企业上上下下的人都树立了"人在阵地在"的观念，不轻易言退，把企业置于第一位，才能更好地维护企业的信誉与利益。

2008年5月12日，四川发生8.0级大地震，举国震惊，世界同哀。"天灾无情人有情"，各种抗震救灾、捐资捐物的活动也随即展开。在这一期间，震区也涌现出了许多"人在阵地在"的感人事迹。

地震发生的那一刻，四川省阿坝州茂县食品药品监管局副局长王林、何伟等人刚刚安装好新买的复印机，就听到一声轰然巨响，随即感到地动山摇，办公桌上的电话机、传真机重重地摔落在地上，地面也裂开一个口子。他们不顾一切地冲出办公室，顷刻间办公楼已垮塌。

短短几分钟地震，茂县就与外界完全失去了联系，往日繁华的县城突然间变成了一个孤岛。茂县食品药品监管局领导班子意识到了事态的严重性。灾情就是命令！时间就是生命！在最需要药品的时刻，我们不能忘记自己的使命，人在，阵地在！刘永平局长立即在办公楼前的空地上部署工作：不能等、靠、要，要积极开展自救工作；要在安全的地方搭建帐篷作为临时办公地点和职工住宿处，昼夜值班；大灾当前肯定缺药品，要马上行动来，对县城内零售药店的药品进行控制，确保医疗机构急需药品供应；在未与州局取得联系的情况下，救灾工作要服从县党委和政府的安排；要加强市场监管，稳定药品经营秩序；要做好灾后食品监管工作。

茂县食品药品监管局许多职工的住房转眼间成了危房，电力、通信和交通中断，没有粮食、没有水、没有帐篷……然而他们无暇顾及个人和家里的情况，当天下午便开始搭建简易帐篷、准备生活必需品和办公用品，开展自救。

由于交通中断，伤病员多，药品缺乏，为了使药店有限的药品用在刀刃上，5月13日早7点，茂县食品药品监管局领导班子将全体职工分为几个组，到各药店清理、组织药品，在不到一天的时间里，便把县城所有药店剩余的1000多种药品清理完毕。14日起，他们根据各医疗机构的需要，送去急需药品。该局还组织人员对医疗机构缺少的急需药品进行统计，并及时向县指挥部汇报，为空投和空降急需药品做好了前期准备。在进行市场检查和协调药品时，他们多次遇到强烈余震，有的人震得跌到街上或药店内，手和膝盖被划破，但余震一过，他们又坚持工作。由于电话不通，在市场上检查、协调药品的人员与办公室以及指挥部无法联系，为了处理一件事情，常常要往返几趟。在这样艰苦、恶劣的环境下，没有一个工作人员叫苦和退出。

5月14日，刘永平局长和何伟副局长被县指挥部派往茂县太平乡参加抗震救援工作。由于交通中断，路基损毁严重，他们一路上冒着山体滑坡、上有飞石、下有湍急河水的危险，徒步前行70多公里，花了20多个小时，才到达太平。

地震发生后，茂县食品药品监管局多位职工自己家或父母家的房子都损毁严重，有的与家里的亲人失去了联系。谁不牵挂自己的亲人？但是为了灾区更多伤员的利益，他们舍小家、顾大家，坚守岗位，齐心协力，积极组织急需药品，及时验收急救药品，一次次为医疗机构送药。他们用自己的行动，诠释了药监人的职业道德。

由于组织得力，措施到位，在茂县食品药品监管局全体职工共同努力下，全县为数不多的药品，在震后最初的抢救中发挥了关键作用。

可以想见，刘永平、何伟等人要是临阵脱逃或者消极待援，而没有"人在阵地在"的责任意识，那么后果将不堪设想！

在企业当中，所有人都应该树立这种"人在阵地在"的责任意识，坚守岗位，尽忠尽职。只有把企业利益摆在第一位的管理者，才可能把企业带向一个又一个辉煌；只有把上级命令视为生命一般重要的人，才可能成长为一名优秀的员工。责任意识让每个人为了企业尽心尽力，而它则为每个人的成功守卫护航。

▶ "忍耐是士兵的第二品德"

拿破仑有句名言："如果勇敢是士兵的第一品德，那么忍耐则是第二。"

说到顽强，很多人可能会想到英勇不屈，却忽略了忍耐这一品质。在现实生活中，常常有这么一些人，遇事狠劲有余，不怕牺牲，但韧性不足，吃不了长期的苦，受不了长期的罪。这是兵家和商家之大忌。

想必大家都知道邱少云的故事吧？可以设想，在当时那种危急的情况下，如果没有他的坚强意志和巨大忍耐，1952 年那场秋季战术性反击作战的最终结果可能就要改写了。再如抗日英雄赵一曼、杨靖宇，莫不以能忍闻名。这些故事可能太富有传奇色彩，离现在太遥远了，那我们不妨再来看一个在部队里广为流传的故事吧。

某驻地一家野战医院收治了一个患急性阑尾炎的战士。按惯例，需要手术切除病变阑尾。这是外科常规手术。在手术台上，当护士注射完麻药，主刀医生用手术刀划开病人腹部时，病人大叫一声。在场的医生、护士都不屑地皱皱眉。器械护士鄙夷地说："还是'红一师'的兵呢，阑尾炎手术还怕疼？"

听到这话，这个战士果然紧紧闭住了嘴。手术结束后，在场的人发现，战士虽然再没有叫唤，但已经休克过去了。医护人员清点时才发现，原来护士粗心，术前给战士注射的不是麻药，而是生理盐水。在抱有十分歉意的同时，人们一下子对这名战士肃然起敬。

在部队作战、训练当中也是如此，谁能忍耐、谁能吃苦，谁就最有可能取得最终的胜利。随着文凭日益贬值、竞争日益激烈，公司在招聘的时候也更加看重员工的能力与素质，其中能否吃苦耐劳一项便显得尤为重要。昆明一位公司招聘人员谈到当今的就业形势时便介绍道，很多大学生抱着试试看的心理，投了简历却不一定会来参加面试，他经常可以在人才市场看到熟悉的面孔。这位人士认为，大学毕业生就业率低，除了没有工作经验外，还与他们缺乏吃苦耐劳的精神有关，"受不得委屈，不珍惜公司给予的工作机会"。相比之下，贫困生便比较容易受到青睐，原因无他，还是比较能吃苦耐劳。一些公司甚至将这列为应聘者的第一要件，开出10万～20万不等的年薪。

2008年6月，迎来了创业20周年纪念的日本北海道著名服装生产公司"室兰缝纫"在回顾公司成长过程时，该公司经营者山川茂对记者感慨万千地表示："如果仅仅有我们独创的技术，公司不会发展到今天；是中国研修生的积极参与，公司才发展壮大起来，她们用自己勤劳的双手搭建起一座日中友好的桥梁。来到公司的中国研修生吃苦耐劳、勤奋好学。看到她们，就看到中国未来的希望。"

同月，在一次题为《不要试图做完人》的演讲中，任正非则再次提到了忍耐这一品质：

"我要讲的是，一定要理解国家在这个变革时期的困难。中国这30年来的变化是巨大的，国家的富强是我们想象不到的。但快速发展的经济，也不可能持久不变，也会遇到调整。中国历史上走过的路都是弯弯曲曲的，右一阵子左一阵子，左一阵子右一阵子，但是它总的还是在往前走，所以我们对'左一阵子右一阵子'要忍耐，不要去发表任何不负责任的言论，更不要'指点江山，激扬文字'。我们一定要忍耐！

可见，忍耐对于公司和员工来说，都是极其重要的品质。张瑞敏在提到海尔的员工时，曾不无自豪地说道："现在海尔就有一批这样的年轻人，你给他挑重担子、加压、加担子，他认为是赏识他。反过来，有些年轻人，不给他加压、加担子，他认为是冷落他，心里很不是滋味。"其员工之素质由此可见一斑！

再如联想公司的柳传志，也是一个特别能吃苦、特别能忍耐的人。联想刚创业的时候，柳传志亲自登门联系业务，多次被人轰了出来。但他并不气馁，而是以一种不服输、能忍耐的精神，继续登门造访，直到做成了生意。多年以后，他想起此事时仍是感慨万端："被人轰出去那是什么感觉，我 40 岁的一个技术人员被人给轰出去了。但这件事我还真做成了。在当时就是一心想做，要给公司其他人做人榜样。用这种事互相激励。"后来，联想公司据此发展出了"把百分之五的希望变成百分之百的现实"的理念。

能忍耐并不是一味的容忍或退让，而是一种为了理想敢于吃苦的精神，一种为了目标坚持不懈的毅力。他们所容忍的都是无关大碍的，甚至是有必要的，容忍物质条件上的艰苦，忍耐他人的唾沫横飞，沿着成功方向不断进发。成功的路上从来没有坦途和捷径，唯有咬紧牙关，"上下而求索"，才能走到尽头。聪明的人从来不会在工作中夸夸其谈，而是认准了方向，找对了方法，然后忍耐、忍耐再忍耐，一路坚持下去！成功不属于这样的人，还能属于谁呢？

第七章

作风之士气：
斗志昂扬，坚信自己必胜

▶ 曾国藩：军队中的"气"

谈到带兵，曾国藩有这么一段精彩的论述：

"军事以气为主，瀹去旧气，乃能重生新气。若不改头换面，长守此坚壁，以日夜严防而不得少息，则积而为陈腐之气，如败血之不足以养身也。望两君子精心维持，于十里之外求一善地，相机而退扎一步，养息此气。今日之善退，正以为他日善进之地。"

君子要善养浩然正气，军队也要学会养气。这"气"在平时为新气，不骄不躁之气，在战时则为士气，无坚不摧之气。用曾国藩自己的话来说，那就是"无官气而有血性"，能够"扎死寨，打硬仗"，"呼吸相顾，痛痒相关，赴火同行，蹈汤同往，胜则举杯酒以让功，败则出死力以相救"。用现在流行的话来说，就是在部队中培植"狼文化"，对内要爱，对外要狠。

人民解放军是一支在血与火的洗礼中成长起来的军队，是经过千锤百炼的威武之师。对于人民，他们是如此地热爱和怜惜；为了人民，碰到再强大的敌人，他们都毫无畏惧，打起仗来前仆后继、死不旋踵。因为他们都明白一个很简单的道理：要革命，就不要怕困难，就不能怕挫折，就不要怕失败，就不要怕攻击，就不要怕危险。我军为了革命，为了天下劳动人民的解放，早把生死置之度外，还有什么可怕的！天不怕，地不怕，人不怕，鬼不怕，邪不怕，神不怕。总之，就是要去掉"怕"字，树立"敢"字，发扬"一不怕苦，二不怕死"的革命大无畏精神，勇往直前，排除万难，取得革命的彻底胜利。也正是有了这么一股"气"在，在人民解放军的发展历史中，革命的军队越打越强，敢打猛仗、敢打硬仗，天不怕，地不怕！

要做到"天不怕，地不怕"，首先要从战略上藐视敌人，但从战术上重视敌人。红军就像当年西天取经的四师徒，经历了九九八十一难，最终取得了真经。在这一过程中，他们充满了舍我其谁的霸气和藐视一切困难的自信。红军的领导们都是在少年时代就树立了拯救民族于水火的信念，毛泽东年轻时的笔记中则记载着孟子的这么一句话："夫天未欲平治天下也，如欲平治天下，当今之世，舍我其谁也。"充满了霸气与豪气！

这种霸气和豪气在艰难困苦当中则表现为革命的乐观主义精神。红军缺吃少穿，缺医少药，还没有多少武器弹药，怎么办呢？"没有枪，没有炮，敌人给我们造"，红军有的就是这股乐观劲头儿！可以想见，如果这支在数量和装备上并不占优势的部队没了这种乐观精神，那会是怎样的境况？

"一切反动派都是纸老虎"，敌人是纸老虎，困难亦然。纸老虎的本质就是外强中干，虚有其表，没有什么可怕的，但它终究会咬人、吓唬人，因此，在斗争上我们又要讲究策略。在革命的道路上，红军总是善于认识困难、分析困难甚至设想困难，对各种可能的情况做好充分的思想准备，不抱幻想，不靠侥幸获胜。这就需要具备一定的危机意识和挑战自我的能力。

革命不是请客吃饭，商场也不是君子之国。干革命也好，做生意也罢，都需要一种敢打敢拼、敢于竞争、敢于胜利的精神。如果自己因为实力不如对方就主动放弃了，那么你永远不可能成功。一头狼之所以能够扑倒一头牛，并不在于它的块头大，而在于它够自信、够凶狠！

自然界遵循的法则是：弱肉强食、优胜劣汰，任何动物都必须学会在竞争中求生存。人类社会也像是一个丛林，遵循着同样的法则，强者胜，弱者败，落后就要挨打。不能埋怨竞争，或者逃避竞争，因为这是必然存在的。你所能做的就是主动迎上前去，在竞争中壮大自己！有人说，竞争是发展壮大的动力，是人类生存和进步的保障，可谓一语中的。人类社会之所以持续进步，直至发展出今天的高度文明，其原因亦在于竞争的存在。

一支不退缩、敢拼打的队伍必然有着良好的精神面貌，积极向上、乐观勇敢，还透着一股志气与正气。军人身上始终散发着一股气质：与人交谈有理有据、铿锵有力；站如松、坐如钟、行如风、跑如箭；作风上雷厉风行，办事果断。他们的一举一动，都显示着为人规范、整洁的职业魅力。

气质来源于自信，而自信又来源于实力，实力要靠什么来证明呢？那是胜利，而胜利又来源于良好的气质与充分的自信。从自信到胜利，再从胜利到自信，这就是胜利的循环。当一个团队从一个胜利走向另一个胜利的时候，它就将之培养成了一种习惯，而习惯的力量是惊人的。古希腊的哲学家亚里士多德说："优秀是一种习惯。"对于团队来说，胜利也可以是一种习惯。这样的团队有时甚至可以以气服人，达到不战而屈人之兵的神奇功效！

▶▶ 公司中的"蓝血精神"

斗志昂扬、自信必胜的军人总能保持最饱满的精神状态，以最顽强的意志力和最猛烈的战斗力出现在战场上。套用一句广告词来说："军人，就是这么自信！"如果说军人出身的企业家是"蓝血企业家"，那么这种带有军人性质的精神也可以叫"蓝血精神"。

出生在湖北云梦的美丽集团总裁欧阳祥山，从小家境贫寒，童年几度辍学。在很长一段时间里，他跟着瞎子姐夫走街串巷，靠姐夫给人算命测字为生，一直到12岁才得到接受教育的机会。面对年老体弱的父母和苦难深重的家人，欧阳祥山幼小的心灵里只有一个愿望：快快长大，为家里撑起一片天空。

贫穷的家庭难免会受人欺负，当有一天父亲被一伙冲到家里来的人打成重伤时，他立志参军，希望能在将来可以给父亲报仇。后来，一个偶然的机会使他参军入伍，并且有幸成为武警七支队的一员来到了深圳。部队是座大熔炉，从小只有养家糊口农民意识的欧阳祥山，通过部队生活的熏陶与锤炼，逐渐有了政治意识，并很快入党、提干，成为整个支队年纪最轻、职位最高的大队长。而他也意识到当兵不再是为父报仇，而是要更好地服务于社会。

1994年8月18日，欧阳祥山永远记得这个难忘的日子。这一天，他离开了为之付出16个春秋的军营，转业到地方，成为广东武警系统主动放弃公职、自谋职业的第一人。而此时的欧阳祥山，除了在部队培养了良好的政治素质、掌握了组织能力和管理能力之外，经济上依然很拮据。原因很简单，对于一个武警干部，有限的工资收入既要养自己的小家，又要帮补湖北老家的亲友，手头是不可能有存款的。所以，转业之后，他手上拥有的个人资产，就是全部的转业安家费6500元。

也许欧阳祥山原本就有很强的经济意识，只是多年待在部队没有机会施展，而转业到地方之后，穷则思变的现实使他的经济意识一夜间苏醒了。他准确无误地进行了第一次投资，在远东大酒店斜对面的深南大道旁开了一家小小的南杂百货店。这是一种零风险、百分之百赢利的投资，一个半月他赚了6000元，后来因为拆迁被迫关门。随后，他在梅林租一块地开了个铸造厂。铸造厂开了两个月，赚了3万元。就这样，凭着自己的勤劳和智慧，欧阳祥山的生意像滚雪球一样，越滚越大。在这期间，他先后从事过32个行业，开过小卖部、铸造厂、面包厂、家私厂、电子公司、旅游公司等。欧阳祥山凭着坚韧的毅力、过人的悟性和求知能力，在商海中一路披荆斩棘，事业渐入佳境。

1996年，欧阳祥山开始涉足房地产行业，以军人的细致和魅力在一块别人不敢要的荒地上启动了"美丽·银湖山庄"项目。这一年，他手里仅有 500 万元，却签下了 1350 万元的合作合同。有人认为他疯了，他却毫不畏惧，坚信自己能够成功。

事实证明欧阳祥山的选择是对的。由于楼房建得快、成本低，加上位置又好，因此房子只盖到第三层就卖完了，他稳赚了 1000 多万。在随后的一个月里，他连续推出了几个大盘，相继获得成功。2004 年，美丽集团开始拓展武汉、东莞市场，向长三角、珠三角进军。在十年的创业历程中，从一个一穷二白的普通军转干部到一个资产过亿的房地产开发商，欧阳祥山只用了 8 年零 8 个月。如今，他的愿景是，使美丽集团像万科、金地、华侨城一样，成为一个影响全国的房地产公司。

欧阳祥山说，一个人的财富应该分为有形资产和无形资产。当有形资产大于无形时，人生的路将越走越狭窄；当无形资产大于有形资产时，人生的路则会越走越宽广。这种无形资产其实就是永远自信、敢打敢拼的精神！

一个人有了这么一种精神，才能在艰难险阻面前永不退缩。毛泽东常说一句话："不信邪！"商场之上，职场之中，我们所需要的其实也是这么一种"不信邪"的精神。"不信邪"，就是一种敢于打破固有思维模式的创新精神和拼搏精神。"不信邪"，就没有不可能完成的事情。

▶ "爱拼才会赢"的闽南精神

在东南沿海，有这么一群人，敢闯敢拼，在商场上占据着相当重要的一席之地，被人们誉为"东方的犹太人"。只要是他们涉足的领域，必定会刮起一阵飓风，且有所向披靡之势。凡是他们走过的地方，都会响起一首《爱拼才会赢》的歌——他们就是以打拼天下出名的闽南人。

据史书记载，闽南人几乎都来自于中原，以河南省居多，从晋代（公元 4 世纪）开始，历经唐、宋、元、明、清。由于中原战乱、灾荒或其他原因，北方的一些汉民族经长途跋涉、颠沛流离，逐渐在闽南地区定居下来。中国历史上的几次大动乱：魏晋南北朝，唐朝末年，五代十国，北宋金兵南下，宋朝末年蒙古人、明朝末年满人驱兵南下，都曾是汉人移居闽南的成因。携中原文化南迁的汉人，自身已打上移民文化的烙印，到闽南又和当地的闽越人、畲族人接触碰撞，使得闽南文化有着很强的兼容性和开放性。

正是有了这种强大的兼容性和开放性，兼之闽南地区多丘陵山地，耕地有限，这里的人富有敢于叛逆、铤而走险的人文精神，几百年来不停地漂洋过海，闯荡天下，塑造了一种"爱拼才会赢"的商界精神。在改革开放的今天，"闽南速度"同"深圳奇迹"、"珠海速度"一样随着辉煌的经济成就而闻名全国。其中，"晋江模式"同"温州模式"、"苏南模式"一样，成为我国民营经济发展的典范。据统计，光是泉州一地的服装制造量就占全国的 10%、运动鞋产量为全国的 80%，石材、水暖占全国产量的 1/3……泉州下辖的晋江则拥有"中国鞋都"、"中国纺织产业基地"、"中国拉链之都"、"中国伞都"等 9 个国家级区域产业集群。在这里，随处可见像九牧王、七匹狼、安踏、劲霸等闻名全国的品牌工厂。下面，就让我们以泉州的"PIN 拼"牌集团为例，体验一下这种打拼精神吧。

30 年前，在当时还只是一个小乡镇的石狮，商品经济开始复苏和萌芽。"PIN 拼"牌集团（香港）控股有限公司董事长王建全的父亲王善炊偷偷摸摸地做起了海产品生意，成了当地最早的个体户和"万元户"。然而在当时极"左"思想的影响下，石狮被定性为"资本主义复辟的典型"，王善炊错误地被定性为"投机倒把分子"。

尽管父亲的生意失败了，但他敢想敢干的精神却深深地感染了王建全。1982 年，王建全高中尚未毕业，就到当地一家鞋厂打工。后来，他和几位同学凑了七八百元钱，开店做生意，专门组装、经销来自台湾的电子表和录音带。凭着一股拼劲，王建全的生意越做越大，很快就超过了当年的父亲。四五年下来，他已经成为全国数一数二的台湾电子表组装和经销商，而那时的石狮也成了国内最有名的台湾电子表集散地。可以毫不夸张地说，当时全国电子表生意的个体户都知道王建全。

对此，王建全并不感到满足，他觉得仅仅做个体户还不够，他要做更大的事业。也就是在这时候，王建全把目光投向了制衣业。王建全详细分析了家乡石狮的服装生产情况，又走南闯北对全国各地做了细致的市场调查。他发现，当时的石狮已经成为全国知名的服装集散地，具有辐射全国市场的能力，特别是牛仔服装，很受年轻人青睐，市场潜力巨大。于是，他又于1987年去了趟香港，到生产"苹果"牌牛仔裤的工厂打工。他边做工边学习，很快就了解和熟悉了生产流程。一年半后，王建全带着他从香港学到的制衣知识回到了石狮。

1989年，年仅22岁的王建全找了一间简易的厂房，建起了只有30台缝纫机、20多名员工的东兴制衣厂。他所生产出来的"奇螳"牌牛仔服销路不错，而且接了不少港澳地区的订单、来料加工任务。但王建全的"奇螳"很快就遇到了来自本地、江浙和广东一些厂家低成本和廉价销售的有力竞争——他有了危机感。

看准当时众多竞争对手还只是凭着市场直觉来进行生产经营，没有什么品牌意识这一点，王建全抓紧给自己"充电"，坚持读经济理论和企业管理方面的书籍，用市场经济理论来武装自己、思考对策。经过一番深思之后，王建全做了一个大胆的决定：放弃已经成熟的"奇螳"品牌，改做新的品牌！

放弃一个成熟的品牌，就等于放弃一个已经建立知名度的销售网络，放弃一个苦心经营的市场，其中的风险可想而知。没有几个企业家能够下得了这个狠心，即便在感情上也是难以接受的。但王建全当年毅然做了这样的决定，他要破釜沉舟，立志重来，因为他是一个相信"爱拼才会赢"的人。

1991年，王建全从香港引进资金400万元，创办了石狮东源（PIN）

服装有限公司，更新了生产设备和技术，引进了较为先进的生产、管理、销售模式，果断地甩掉了附加值低的"奇蜒"牌，退出了竞争日趋白热化的低档牛仔服装市场，重新注册了"PIN"牌商标，将产品定位在具有较高附加值的"PIN拼"牌牛仔服装上，并形成了款式系列化的个性风格特点。

在当时，国内的中高档牛仔服市场还是美国"苹果"等外国品牌的天下。从经济实力上看，王建全的"东源"根本没法与这些国外大公司相抗衡，但王建全使出了拼劲，要向这些"巨人"叫板。他从设计入手，委托香港著名服装公司的设计师设计打样，紧跟国际服装潮流，在款式上推陈出新，引进国际上最先进的牛仔制衣设备，高薪聘请香港技师，提高工艺水平。他还通过合资，建起了大型漂染厂，保证了牛仔服生产中至关重要的漂洗水磨的工艺质量；建起了纽扣厂等完整配套的生产体系，从选料、配件、装饰上确保了产品的高档次，完善了产品高品质的品牌基本要求。他还通过大型商场在全国打出品牌知名度和美誉度，从最初的直销发展到1000多家专卖店，建立起了完善的全国终端销售网络。

王建全的"PIN拼"牌牛仔服很快风靡了大江南北。他又以港澳为依托，把市场的触角伸向东南亚、日本、韩国和欧洲，甚至打入了牛仔文化的发源地——美国。经过一番拼搏，王建全的"PIN拼"牌牛仔服以质量、款式取胜，成为中外牛仔服装中的佼佼者，荣获省政府首届颁发的"福建省名牌产品"。1993年前后，王建全的"PIN拼"牌开始进入北京赛特购物中心等国内的一些高档商场，而且售价与"苹果"等国际名牌牛仔服相差无几。它的一系列产品在北京、上海、广州、杭州、南京等一些大都市迅速走红，成了领导牛仔服装潮流、与国际大品牌比肩的牛仔服佳作。

2003年，他所打造的"PIN拼"商标被认定为中国驰名商标。

2004年，经权威部门评估，"PIN拼"牌男装服饰品牌（商标）价值为8.92亿元人民币。

2005年，他被评为"闽派服饰十年发展风云人物"之一。

……

就这样，凭着一股敢闯敢拼的精神，凭着过人的胆识和非凡的魄力，王建全在服饰业闯出了一条阳光大道。

想在竞争近乎白热化的市场经济中立足，并闯出一条属于自己的道路来，不仅要胆大，还要心细，要爱拼、敢拼，还要会拼、懂得拼。比如2008北京奥运会，本来闽南的许多企业找了奥运热门运动员做广告代言人，但随着最近中国广告协会一纸禁令的出台，8月1日至27日成了广告控制期，停播一切含有"2008"、"奥运"、"火炬"等隐性侵权的奥运营销广告。眼看着好几亿的广告投入就要打水漂了，闽南商人并不气馁，想出了补救方式，继续大胆地投入大量广告成本。像鸿星尔克、露友和康踏等明星企业就分别赞助了朝鲜、塔吉克斯坦和立陶宛的奥运代表团，搭上了奥运快车，而特步也与白俄罗斯国家队建立合作关系，提供参赛服，光是营销投入一项计划就支出高达2亿元。

闽南的许多企业就是这样，敢拼敢闯，舍得投入，以铺天盖地的气势席卷市场，从而抢得了一个又一个商机，赢得了广大的消费群体。韩国三星集团创始人、董事长兼总裁李秉哲说："现代社会的显著特征之一是，每个人都在争第一，只有这样才能鞭策自己不断努力，这样的企业才会有前途。"残酷的市场竞争让懦夫们望而却步、故步自封，却让真正的赢家欣喜若狂，因为这一切就像杰克·韦尔奇所说的："也是最令人兴奋、最有犒赏价值、最让人感到充实的时刻，因为它是公司拓展疆域的契机。"

第八章

作风之团结：
我们是一个团队

▶ 铁打的营盘，流水的兵

大家应该都知道《团结就是力量》这首歌，歌中唱道："团结就是力量，这力量是铁，这力量是钢，比铁还硬，比钢还强。"当年的解放军战士就是唱着这首歌击退了日本侵略者，解放了全中国；工人老大哥也是唱着这首歌开创了新中国的伟大蓝图；全国人民更是唱着这首歌谱写了建设祖国的伟大篇章。

毛泽东自建军之日起，就高度重视军队内部的团结，将"团结自己，战胜敌人"作为军队政治工作的总方针。他曾明确地指出："我们的军队一向有两条方针：第一对敌人要狠，要压倒它、消灭它；第二对自己人、对人民、对同志、对官长、对部下要和、要团结。"

为了促进部队内部的团结，红军在井冈山建立之初，就坚持实行民主制度，军官不准打骂士兵，开会时士兵有发表意见的权利和自由，所有人一律平等。1936 年 6 月，红军第一军团政治部驻扎在甘肃固原县七营镇。端午节那天，午饭还是高粱面馍和腌萝卜。下午，时任政治部副主任的邓小平处理完公务后，就到附近的河里打了几只野鸭子回来，送到炊事班给大家改善生活。开晚饭了，邓小平招呼大家来喝野鸭汤，可战士们说首长们日夜操劳，平时吃的和我们一样，却比我们更辛苦，应该让他们多补补。邓小平笑着说："咱们红军的老规矩，有盐同咸，没盐同淡，大家赶快把这野鸭子汤报销了吧！"说完，他亲自给大家盛汤，官兵同乐，享用了这顿"美餐"。

这样的军队自然上下一体，同心同德，无往而不胜。同样，为了避免军队内部出现分裂，毛泽东也相应地采取多种形式，防止出现"山头"，其中最有名的便是1973年的八大军区司令对调。对调的具体情况为：

北京军区司令员李德生与沈阳军区司令员陈锡联对调；

南京军区司令员许世友与广州军区司令员丁盛对调；

济南军区司令员杨得志与武汉军区司令员曾思玉对调；

福州军区司令员韩先楚与兰州军区司令员皮定钧对调。

说到这次对调，有几点是比较特殊的：第一，下命令就走；第二，上任时不准带秘书等人；第三，人走家搬。这说明，采取集中统一的方式、巩固钢铁一般的纪律，也是实现团结的有效方式之一。俗话说"铁打的营盘，流水的兵"，当兵的人来了一拨又一拨，天南海北的，但最终都团结无比，其秘密就在于军队建立了一整套促进团结、加强合作的方法与制度。

告别冷兵器时代以后，军队就更不能逞匹夫之勇了，海陆空以及高科技兵种要密切配合，兵种内部也要讲究团队合作。毕竟，团队的胜利才是真正的胜利。美国西点军校毕业生、西尔斯公司第三代管理者金斯·罗伯特·伍德说："不论再强大的士兵都无法战胜敌人的围剿，但我们联合起来就可以战胜一切困难。"

某连某班的班长是位训练标兵，刚分到连队不久就被提拔为班长。他刚当班长不久，营口市里组织射击考核，他个人发发命中，成绩名列前茅，全班却成绩平平，有个新兵还打了"光头"。事后，指导员严厉地批评了他："班长个人成绩优秀固然重要，但更重要的是要带出一个先进班！"从此，班长注重带领全班处处争先创优，不让任何一个同志掉队。年终，该班被评为"先进班集体"，而班长个人也受到嘉奖。

在现代的商业社会里，这种现象就更多了。善于团结、擅长合作的成功，不善团结、单打独斗的失败。我们每个人都必须明确这一点：单打独斗的时代已经过去了！每个人、每家公司都只有加强团结与合作，才能更好地在残酷的竞争中生存下来。

新疆拜城县拜城镇蔬菜村是全国有名的"民族团结村"，可这个村子在一开始既不团结，也不富裕。村子位于县城东北城郊结合部，共有200户维、汉、回、蒙古等民族村民，人均占地不足半亩，是一个典型的人多地少、多民族聚居的近郊自然行政村。蔬菜村村委班子在进行一番考察之后，决定根据本村特点，带领多民族聚集的城郊村走上一条"民族团结和谐，发家致富之路"。村委班子坚持开展"两个离不开"的思想宣传，教育广大村民，一定要团结，只有大家团结在一起，才能共同致富，做好每件事情。村民的干劲一下子被鼓舞起来了，不同民族的人也更显团结。

"看到蒙古族邻居王建生和其他村民浇菜地比较忙，我就主动帮他们看了两天闸口，中午忙得饭都没回家吃，因为我们平时都相处得很和睦，谁家有事大家都会主动出来帮忙。"汉族村民胡全喜说。

村民王桂荣到团场拾棉花已有5个年头，50多岁的她是当地有名的拾棉花能手。作为村干部的家属，儿女也已成家立业，她的生活过得轻松快乐。她看到周围的邻居以说是非与打麻将度日，她想改变这种现状，个人带头出村拾棉花，短短的两个月，她带着挣回的三四千元钱回家。村里的村民和家属不再说是非、打麻将，跟着她出村拾棉花。

没拾过棉花的人干到一半就承受不了，王桂荣像亲人一样关心照顾她们，给她们端茶、倒水、拿药，为她们鼓劲、打气、谈经验。经过一年的锻炼，蔬菜村的拾棉花队伍不断壮大，各族村民团结紧密，就像一个大家庭。村里的每个人都在积极想办法挣钱，争相过上好日子。

磨豌豆粉一直是蔬菜村汉族村民的专利，但豌豆粉条却是维吾尔等少数民族餐桌上的最爱，最初是汉族村民自产自销，由于民族习惯不同，销售受到影响。汉族村民就邀请民族村民帮助销售，这种合作方法为维吾尔族村民带来比种地高出几十倍的利润，维吾尔族村民因此也加入磨粉队伍。

胡全喜家里没有土地，全靠加工豌豆粉生活。当他得知有少数民族村民想做磨粉生意时，他积极帮助购买设备，并手把手传授磨粉技术。

如今，拜城镇蔬菜村的磨粉户已发展到20余家，生产的豌豆粉条，远销喀什、库尔勒、阿克苏等地，成为村民增收致富的有效途径。全村80%以上的农户在小商品零售、餐饮、食品加工、住宿、停车、娱乐服务、劳务输出等方面找到了发展空间，使该村农民非农业收入占到80%以上。村民的生活也比以前富裕了，村里还建立了村文化室，配备文化、娱乐设施。村领导不时地组织电教放电影、电影下村及举办民族节日、百日广场文化等活动。每逢过节，富裕的村民会带上粮油物品看望贫困邻居，帮助他们渡过难关，让所有的村民都感觉是和睦的一家人。

村子是这样，企业更是如此。一个企业要是也能发挥这种合作互助的精神，同心同德、互相配合，就能形成强大的生产力和执行力，从而推动企业不断进步，最终又使每个人从中受益。就像蚂蚁抱团灭火、过河一样，企业里的所有人要是能够紧密地团结在一起，那么还有什么困难可以阻挠他们呢？

▶ 沃尔玛的"伙伴"理念

作为全美第一大零售商和世界500强公司，沃尔玛拥有120多万名员工。它的创始人沃尔顿先生始终保持着对员工的尊重与关心。在他的极力倡导之下，沃尔玛所有的经理人员都佩戴着"我们关心我们的员工"的徽章。在沃尔玛，员工都被称为"伙伴"，而不是雇员或手下。这固然是沃尔顿本人的谦逊、平等的理念倡导的，但也是现代企业在发展过程中所要求的。

除了称呼员工为"伙伴"之外，沃尔顿还要求经理人员经常倾听员工们的声音。沃尔顿说："关键一点就在于应该走进店里，去听听你的伙伴们有什么要说的。所有人都应参与进来，这一点极其重要。我们的许多好主意正是来自于店员和仓库的搬运工。"在这里，每个人都感到自己被尊重，都有实现自我与不断提升的空间，对公司充满了热爱与忠诚。军队里不论上下级，彼此以"同志"互称，便是同一个道理。许多故事也告诉我们：相互协作就是天堂，彼此争斗就是地狱。

一名教徒来到了先知面前，问道："地狱在哪儿？天堂又在哪儿？"先知没有告诉他，而是拉着他的手，领着他穿过了一个黑暗的过道，打开了一扇铁门，走进一个挤满了人的大屋子。屋子当中，一个大汤锅吊在火堆上，锅里的汤飘散着令人垂涎的香味。汤锅的周围，挤满了面黄肌瘦的人们。他们互不相让，都想得到锅里的汤。他们每个人的手里都拿着一个好几尺长的大汤勺。这些饥肠辘辘的人们围着汤锅贪婪地舀着。由于汤勺实在太长，即使是身强力壮的人也无法把汤送到自己的嘴里。于是，他们互相责骂，甚至大打出手。"这就是地狱。"先知对教徒说。

然后，他们离开了这间房子，又来到了另一间屋子。同前面一样，屋子的中间也有一口热汤锅。许多人围在旁边，每个人的手里拿着一个长柄汤勺。但是，这里的人很有教养，他们互相合作，一个人舀汤，让另一个人喝。如果舀汤的人累了，另一个人就会拿着汤勺来帮忙。这样，每个人都能心平气和地吃到东西。先知对教徒说："这就是天堂。"

原来，天堂和地狱都不遥远，它就在我们身边，就看你发现了没有。海伦·凯勒说："只身一人，我们能做的少之又少；并肩作战，我们能做的很多很多。"

邓超在部队服役了18年，于2005年选择自主择业，离开了部队。他用自己的转业费加上多年来的积蓄，在北京开了一家小饭店。他的饭店在东四环外，以大众菜为主，地理位置也不占优势，却出奇的火爆。

有人向他请教经营的秘诀何在，邓超反问道："你有没有发现我的饭店旁边有一家洗衣店？"

邓超接着说："饭店之所以如此火，就是我和这家洗衣店联手合作的结果。"

"饭店和洗衣店，风马牛不相及，怎么合作？"

邓超不无得意地解释道:"其实也很简单,我们两家规定,到我的饭店消费超过200元的,凭票在他的洗衣店享受8折优惠;到他的洗衣店消费超过100元的,凭票在我的饭店享受8折优惠。结果我们两家店的生意都比较火。"

末了,邓超深有感触地说:"这还是要感谢部队,在部队里许多工作都是通过合作来完成的,我们当过兵的都具备这种较强的合作精神。学会合作就赢得发展,用现在的词来说就叫双赢。"

在公司中,团结合作也显得十分重要,员工与员工之间要互相帮助,部门与部门之间也讲究精诚合作。管理的基本职能之一就是协调内外关系,把公司整合成一个富有战斗力的整体,而非一盘散沙。从实际情况来看,多数公司发展到一定阶段之后,就会出现不同程度的不团结和不协调的现象,甚至部门林立、帮派纷争,员工之间也是钩心斗角、矛盾重重,相对地削弱了公司的竞争力。

托马斯·安德森毕业后进入一家大公司工作。由于他在学校时一直都是班上的优等生,所以他进入工作环境后,常常恃才傲物,个性强硬,从不服输,更不懂得如何融入公司这个大团体。当时,和他一起进入公司工作的还有安东尼·卡彭特。安东尼在学校里也是非常优秀的人,不过他进入工作环境之后,发现身边的人都是很朴实地工作着,并且上司又是个善于妒忌的人,于是他就收敛起自己的光芒,朴实地工作,连喜欢抽烟的毛病也因办公室无人抽烟而戒掉了。他还主动热情地与同事打交道,很快就赢得了同事和上司的喜欢。

在年终评选优秀员工的奖励大会上,由于安东尼的工作表现优秀,再加上受到了同事的支持,他得到了表彰。而托马斯虽然也非常努力地工作着,甚至工作成绩比安东尼还好,可是由于同事背地里常说他的坏话,上司也不喜欢他,使得他在评选大会上一票也没有得到,并且,就连他的好成绩也没有受到任何表彰。

于是,恼怒的托马斯认为自己不受重视,感觉英雄无用武之地,便辞职而去。离开这家公司后，他走了几个地方，却始终无法找到满意的工作，他才开始思考自己身上存在的问题。其实原因再简单不过了，那就是他缺乏一种团队合作的精神。

因此，不论你的才能有多大，如果你恃才自傲，终究找不到可以容纳你的地方。21 世纪将是一个集团竞争、团队至上的时代，所有事业和成就都将围绕着团队而展开。有了团结合作这笔财富，个人和公司才能在残酷的竞争中求得生存。

▶ 刘伯承：我们也啃一次骨头

既然是团队，那么就会有分工：有人当主角，有人当配角；有人打前线，有人守后方；有人当主力，有人当侧翼；有人吃肉喝汤，有人啃骨头。也就是说，团队要精诚合作，就得有一部分人作出妥协与牺牲。

历史上解放军团结制胜的战例很多。如解放战争时期，国民党由全面进攻转入重点进攻后，华东、陕北两解放区的战场局势一度十分紧张。毛主席全面分析形势，做了让中原野战军突破黄河，千里挺进大别山，实行战略反攻的英明决策。这是一项艰巨而又危险的任务。因为十万大军离开根据地，没有任何后勤支援，长距离奔袭作战，不仅随时都有被敌人冲垮、打散、包围的可能，而且会遇到许多意想不到的困难。当时，部队中有些议论。首长亲自出面做工作，要求全体官兵以大局为重，义无反顾地挑起这副重担，尽可能地将敌人吸引过来，以减轻陕北和山东战场的友军压力。刘伯承司令员形象地说，我们中原野战军以一个人扭住三个敌人，就可以使兄弟野战军用三个人去打一个敌人。部队进入大别山后，生活艰苦，病号增加，减员很大，而且没有了像过去那样大量歼敌，靠缴获补充给养的机会，一些指战员感到吃了亏。对于这种本位主义思想，刘伯承在大会上公开批评："打仗有的吃肉，有的啃骨头。过去山东啃骨头，我们冀鲁豫就吃肉，这次我们也啃一次骨头，就好像我们输不起一样。这是什么思想方法？"政委邓小平也多次表示，为了夺取全国胜利，不论付出多大的牺牲，就是将中原野战军都打光了，也在所不惜。正是因为部队首长有这种顾全大局、勇挑重担的思想，中原野战军才出色地完成了中央军委分配的任务，从而使整个中国的战局得到了很大改观。后来毛泽东多次谈到，解放战争时期，如果没有中原野战军的南下，东北、西北、华北的胜利是不可思议的。

与之形成鲜明对照的是国民党部队的钩心斗角、尔虞我诈。国民党军队无论是数量上、还是装备上都占据了绝对优势，可为什么总打不过比自己弱小得多的共产党？应该说，将心不齐，没人愿意"啃骨头"是重要原因之一。其中，围堵红军长征的例子最典型。当时，蒋介石拼命将红军往云、贵、川地区赶，想借地方军阀之手削弱红军，让交战双方拼个两败俱伤，好坐收渔翁之利。可地方军阀也不是傻瓜，早就看透了蒋介石的心思，知道"有匪有我，无匪无我"（白崇禧语），所以"防蒋甚于防共"。在与红军的作战中，粤、桂、湘、黔、川、滇等各路军阀都以保存实力为原则，虚与委蛇，应付了事。于是，便出现了战争史上的奇观——"送客式的追击，敲梆式的防堵"。各路军阀各自为政，却又心照不宣。这就为红军利用矛盾，各个击破，冲出重围，留下了许多机会。

在公司里，由于大家的分工不同，每个人要尽量做好自己的工作，积极配合其他部门，而不能"这山望着那山高"，甚至争功夺利、互相拆台。事实表明，内部不团结给公司所造成的伤害远远超过外界的竞争压力。管理人员也好，普通员工也罢，对此不可不慎！

亨利是一家营销公司一名优秀的营销员。他所在的部门，曾经因为团队工作的精神十分出众，而使每一个人的业务成绩都特别突出。后来，这种和谐而又融洽的合作氛围被亨利破坏了。前一段时间，公司的高层把一项重要的项目安排给亨利所在的部门，亨利的主管反复斟酌考虑，犹豫不决，最终没有拿出一个可行的工作方案。而亨利则认为自己对这个项目有了十分周详而又容易操作的方案。为了表现自己，他没有与主管磋商，更没有向他提出自己的方案，而是越过他，直接向总经理说明自己愿意承担这项任务，并提出了可行性方案。他的这种做法，严重地伤害了部门经理的感情，破坏了团队精神。结果，当总经理安排他与部门经理共同操作这个项目时，两个人在工作上不能达成一致意见，产生了重大的分歧，导致团队内部出现了分裂，团队精神涣散。项目最终也在他们手中流产了。

其实这种事情本来完全可以避免的，但由于营销人员与主管没有协调好，更没有团结互助的精神，最终导致互不配合、项目失败。如今市场竞争激烈、信息瞬息万变，公司内部如果没有精诚团结的精神，又哪来的强大的应对力与执行力？如此一来，公司的竞争力也是要大打折扣的。因此，在服从统一部署、听从上级指挥的情况下，每个部门、每名员工都应该具备能"啃骨头"、肯"啃骨头"的心态，吃点小亏，成全整体。

两军对垒，我们要打赢的是整场战争，而不是一两个小战役。市场竞争，我们要维护的也是整个企业的利益，而非个别人或个别部门的利益。大家都应该以大局为重，树立集体利益至上的观点，否则便有捡了芝麻、丢了西瓜，甚至被各个击破的危险。

▶ 企业也有"伟大的妥协"

一谈到企业要如何向军队学习，人们总是很容易地想到纪律，想到服从，想到团结，似乎给人以员工处处受限、时时吃亏的感觉。其实不然，在很多情况下，组织与个人的利益是一致的，一个是躯壳，一个是灵魂，谁也无法离开另一方单独生存。现在，我们所要讨论的话题就是，当组织与个人发生利益冲突的时候怎么办？

从员工的角度来说，我们应该像从小接受的集体主义教育一样，呼吁以大局为重，牺牲个人利益，维护集体利益。可从管理层来说呢？"只知奉献，不知索取"的那是道德圣人，或者只出现在个别时候、个别事情上，在大多数情况下，食人间烟火的员工是应该得到合理报酬与奖励的。在公司与员工发生利益冲突时，公司若能把员工放在首位，那么得到的将不仅仅是为此付出的金钱，而是更大的经济回报与一个敬业、团结的组织。当年红军通过分"伙食尾子"，实现了官兵利益共享，极大地促进了部队的团结，提升了整体的精神面貌和战斗力。反过来说也是一样的，员工若也能多从整体出发，站在管理层的角度上想问题，不计较一些不必要的个人得失，那么企业也会获得更多的可用资源与发展动力。在这里，可以套用一下美国宪政史上的一个名词，称这两种换位思考、互相妥协为企业中的"伟大的妥协"。

但凡了解美国宪政史的人，都会知道这个"妥协"并非毫无原则、毫无意义的妥协，而是基于更大的愿景、更大的合作而实现的妥协。美国历史上"伟大的妥协"给美国人民带来了和平与宪政，而公司内部"伟大的妥协"则能给公司中的每一个人带来意想不到的结果。

众所周知，在美国历史上曾经爆发了一场长达5年之久的经济大危机。在这场大危机中，美国的GNP（国民生产总值）从1929年的1031亿美元下滑到了1933年的556亿美元。这5年间，49%的银行（10500多家）破产倒闭；棉花年产值由1929年的13.89亿美元下降到1932年的3.97亿美元，降幅达71%，导致1/4的棉花烂在棉田里；棉花价格也从1929年每磅16美分，降至1932年的5.4美分，下跌率高达66.25%。此外，全美失业人口达到1700万，饥饿和贫困成为普遍现象，美国民众处于生存的边缘。

就在这个时候，哈理逊纺织公司偏偏遭遇了一场大火，公司的一切在大火中化为灰烬。3000名员工悲观地回到家，等待着董事长亚伦·付斯先生宣布公司破产，而后加入失业大军之中，面临饥饿的威胁。可不久他们接到了董事会的一封信，信中说公司将向每位员工支付一个月的薪金。员工们万分惊喜，纷纷打电话或写信向董事长表示感谢，因为他们深知，公司在陷入绝境的情况下，为了帮助员工应付一个月的恐慌，需要拿出对公司来说弥足珍贵的数十万美元。一个月后，当员工们又在为下个月忧虑时，他们又接到了公司的第二封来信：董事长再次宣布，向每位员工再支付一个月的薪金。这回，员工们所拥有的不再是意外惊喜，而是热泪盈眶！

这份感激之情很快化为大规模的行动。不到一周，数千名员工纷纷拥进公司。大家自发地找到各种工具，清理废墟，擦洗修理机器，安装电线和电话线；还有一些人主动去南方的一些州联络被中断的资源；另外一些人则奔走于染布公司和制衣公司之间，不辞辛苦地一遍又一遍地与下游厂商洽谈新的订单。当时的《基督教科学箴言报》曾经深情地报道说，哈理逊的全部员工日夜不停地拼命工作，恨不得一天干25小时。3个月后，哈理逊纺织公司重新恢复了正常的生产，生产效率也比火灾前大幅度提高。

这场大火非但没有给哈理逊带来灭顶之灾，反而使它站在了一个全新的起点上。借助"罗斯福新政"的东风，哈里逊公司迅速崛起为一颗耀眼的明星，它的产品也从此走向国际纺织品市场。如今，哈理逊公司已经成为美国最大的纺织品公司，其分公司遍布全球60多个国家和地区。

公司尊重并关心成员的物质利益，尤其是从最基本的地方开始，比如说像亨利·福特一样思考，"再也没有比工资更重要的问题了"！有些单位不考虑员工付出与回报的关系，只是一味要求员工工作，结果只能招致员工的反抗。从另一方面来想，员工也要试着站在老板、公司、整体的角度上考虑问题。公司和员工有着共同的利益，只有公司发展了，才能带动员工的发展。优秀的员工不会急功近利，而总是以公司利益为重，把公司放在第一位，让公司先赢。

齐瓦勃在卡内基钢铁公司任职时，就是这么做的。一次，当时控制着美国铁路命脉的大财阀摩根提出了与卡内基联合经营钢铁的要求。开始的时候，卡内基没有理会，于是摩根放出风声，说如果卡内基拒绝，他就找当时居美国钢铁业第二位的贝斯列赫母钢铁公司联合。这下卡内基慌了，他知道如果贝斯列赫母与摩根联合，就会对自己的发展构成威胁。

一天，卡内基递给齐瓦勃一份清单，说："按上面的条件，你去与摩根谈联合的事宜。"本来作为一名员工，老板说什么就是什么，照办就是了。但齐瓦勃对摩根和贝列赫母公司的情况了如指掌，看过清单之后发现估算有误，于是微笑着对卡内基说："你有最后的决定权，但我想告诉你，按这些条件去谈，摩根肯定乐于接受，但你将损失一大笔钱。看来你对这件事没有我调查得详细。"

经过分析，卡内基承认自己过高地估计了摩根。卡内基全权委托齐瓦勃与摩根谈判，取得了对卡内基有绝对优势的联合条件。摩根感到自己吃了亏，就对齐瓦勃说："既然这样，那就请卡内基明天到我的办公室来签字吧。"齐瓦勃第二天一早就来到了摩根的办公室，向他转达了卡内基的话："从第51号街到华尔街的距离，与从华尔街到51号街的距离是一样的。"摩根沉吟了半晌说："那我过去好了。"摩根从未屈就到过别人的办公室，但这次他遇到的是全身心投入的齐瓦勃，所以只好低下自己高傲的头颅。

齐瓦勃这种主动站在老板角度考虑问题的方式不仅维护了公司的利益，也为他自己带来了好运。不久，他就被卡内基提升为公司的董事。后来，齐瓦勃自己建立了大型的伯利恒钢铁公司，并创下了非凡业绩，真正完成他从一个打工者到创业者的飞跃。

优秀的员工就是这样，在维护公司利益的同时也成就了自己。同样，优秀的公司也会特别重视员工的利益，将他们视为最宝贵的财富。或者我们也可以这么说，优秀的公司与员工从来是互相吸引的，"伟大的妥协"迎来的总是巨大的共赢。

第九章

作风之朴素：
野菜充饥志更坚

▶ 毛泽东治军的"两个务必"

　　艰苦奋斗是解放军战斗力旺盛的重要源泉之一。从井冈山的"红米饭，南瓜汤"，到长征路上的"野菜充饥志越坚"，再到抗日战争时期的开垦南泥湾、解放战争时期的"小米加步枪"，解放军历来是以艰苦卓绝的奋斗精神来克服困难、战胜强敌的。可以说，解放军的成长史，就是一部艰苦奋斗的历史。

　　毛泽东历来重视军队艰苦奋斗作风的培养。他曾明确指出："我是历来主张军队要艰苦奋斗，要成为模范的。""坚定正确的政治方向，是与艰苦奋斗的工作作风不能脱离的。没有坚定正确的政治方向，就不能激发艰苦奋斗的工作作风；没有艰苦奋斗的作风，也就不能执行坚定正确的政治方向。"在革命胜利前夕的中共七届二中全会上，他提出了著名的"两个务必"："务必继续保持谦虚、谨慎、不骄、不躁的作风，务必继续保持艰苦奋斗的作风。"

　　哪怕是在取得革命的胜利以后，毛泽东也丝毫未放松这一点要求。他曾语重心长地说："我们长征路上过草地，根本没有房子，就那么睡。朱总司令走了四十天草地，也是那么睡，都过来了。我们的部队建设，没有粮食，就吃树皮、树叶。同人民有福同享、有祸同当，这是我们过去干过的，为什么现在不能干呢？只要我们这样干了，就不会脱离群众。"为了更好地说明这一点，他在一次会议上举例子说明道："1949 年在这个地方开会的时候，我们有一位将军主张军队要增加薪水，有许多同志赞成，我就反对。他举的例子是资本家吃饭五个碗，解放军吃饭是盐水加一点酸菜，他说这不行。我说这恰恰是好事。你是五个碗，我们吃酸菜。这个酸菜里面就出政治，就出模范。解放军得人心就是这个酸菜，当然，还有别的。"

在毛泽东等老一辈革命家的大力倡导和率先垂范下，解放军长期保持了艰苦奋斗的吃苦精神。不仅驻边守疆的战士们"特别能吃苦，特别能忍耐，特别能战斗"，几十年如一日，默默奉献，毫无怨言，就是身处繁华都市的部队也一样保持优良传统，从而涌现出了许多模范部队，赢得人们的交口称赞，如"南京路上好八连"、"鼓浪屿好八连"等。

"南京路上好八连"是中国人民解放军上海警备区某部第 8 连，于1949 年 6 月进驻上海市南京路执行警卫任务。在十几年的驻防过程中，第 8 连坚持人民军队艰苦奋斗的政治本色，抵制资产阶级思想及其生活方式的侵蚀，团结人民群众，出色地完成了警卫任务。全连干部战士勤俭节约，助人为乐，全心全意为人民服务。1963 年 4 月 25 日，中华人民共和国国防部授予该连"南京路上好八连"称号，毛泽东也于 8 月 1 日欣然赋诗《八连颂》予以表彰。如今，该连的光荣事迹已被陈列入馆，成为华东地区进行爱国主义教育的重要基地之一。

接下来，就让我们以毛泽东的杂言诗《八连颂》为视角，体味一下部队的艰苦奋斗吧。诗曰：

好八连，天下传。

为什么？意志坚。

为人民，几十年。

拒腐蚀，永不沾。

因此叫，好八连。

解放军，要学习。

全军民，要自立。

不怕压，不怕迫。

不怕刀，不怕戟。

不怕鬼，不怕魅。

不怕帝，不怕贼。

奇儿女，如松柏。

上参天，傲霜雪。

纪律好，如坚壁。

军事好，如霹雳。

政治好，称第一。

思想好，能分析。

分析好，大有益。

益在哪？团结力。

军民团结如一人，

试看天下谁能敌。

正是这种"为人民，几十年。拒腐败，永不沾"的精神使得该连能够保持革命的本色，并长期保持，永远鲜活。如果说打仗顽强是军队的锋利刀刃的话，那么艰苦朴素便是保护这刃的刀鞘；如果说战斗英勇是军队的一种鲜活元素的话，那么艰苦朴素便是这元素的保鲜剂。正是有了这刀鞘，有了这保鲜剂，中国共产党才能带领全国军民既打得江山，又坐得江山。

澳门回归祖国以后，中国人民解放军驻澳门部队在珠海建立了一个基地物资采购供应站。解放军经常进澳门执行保障任务，官兵的一言一行、一举一动都在澳门民众的视线之中。有一天通过海关时，海关工作人员用惊异的目光注视着一个摆在驾驶室里的旧水壶，其中一名工作人员好奇地问道："你们允许在执行任务中喝酒吗？"带车干部周智勇打开水壶道："这是白开水。"海关工作人员非常惊讶："你们驻澳部队生活待遇不错，不至于连饮料、矿泉水都喝不上吧？""艰苦朴素，勤俭节约，难道不好吗？"周智勇回答。一听这话，在场的工作人员都流露出了钦佩的目光。

旧水壶装白开水，这么一件小事所折射出的解放军的质朴精神，给人们留下了极为深刻的印象，也让解放军赢得了世人的尊重。

▶ 衰败从腐败开始

很多公司在创立之初，也像解放军一样，吃得了苦，受得了累，大有"万水千山只等闲"之气势。可一旦事业有成，人们就松懈了下来，开始追求排场与奢华，花起钱来大手大脚，一掷千金，一点都不心疼。他们错误地以为，这样做才能与公司的名气和规模相匹配，才能吸引高端的客户与人才。结果，不少管理人员贪图安逸，追求享受，公司内部竞相攀比，大大增加了企业的运营成本。许多经济成果就这样被白白糟蹋了。

当年，著名的德隆集团为了融资，在某省会城市租了五层楼，以四星级宾馆的标准进行了豪华装修，每年房租就高达1000万元，而里面的工作人员只有80多人。他们开出的融资回报率是年息18%，据此估算，德隆在此地融资的成本在20%～30%年息左右，所以其年收益必须要达到50%以上。结果，德隆很快就为这份奢侈付出了代价，不久就烟消云散了。

更为让人痛心的是，有些企业为了追求表面的风光，不惜血本，疯狂造势，大肆做宣传和广告，完全不考虑成本和效益。这种狂热的做法让无数企业饮恨退出了市场。

说到不惜血本的造势，就不得不提及当年的央视"标王之争"。

1995年秦池酒厂以6666万元中标。在当时，6666万元意味着三万吨白酒，足以把豪华的梅地亚中心淹没到半腰。1996年梅地亚中心再次召开广告招标大会，厂长姬长孔说，1995年我们每天向中央电视台开进一辆桑塔纳，开出一辆奥迪，今年我们每天要开进一辆豪华奔驰，争取开出一辆加长林肯。最后秦池以3.212118亿元成为"标王"，那时的广告投标就如脱缰的野马，让人无从驾驭，到了发热、发狂甚至发疯的地步。一个外国记者问秦池老总3.212118亿是怎么算出来的，他说："这是我的手机号码"。投资的随意性由此可见一斑！3.212118亿元相当于1996年全年利润的6.4倍，结果第二年秦池便一蹶不振，走到了破产的边缘。

同样的悲剧也曾在爱多身上上演。

在秦池以3.2亿余元天价中标后，第二年11月8日梅地亚中心再次广告招标，爱多的老总胡志标和步步高的老总段永平展开了激烈的争夺，最后胡志标以2.1亿的天价成为"标王"。紧接着，爱多又找到成龙拍了个"爱多VCD，好功夫"的广告片。成龙开价是450万，相当于爱多的全部利润。不仅如此，1997年，爱多的老总胡志标喜结连理，给全国各地的爱多经销大户和各个媒体的知名记者送了一份喜帖。喜帖上还贴了2张百元大钞，讨一个"两人圆满"的彩头。胡志标和他的秘书、总裁助理林莹举行了一场轰动的婚礼，138万响的鞭炮，18辆车牌号码连在一起的白色奔驰车，1000多位身份显赫的贵宾。但如此奢侈的结果，就是两个月之后，爱多爆发严重危机，随后轰然垮台。胡志标也因为奢侈所造成的资金紧张，不惜铤而走险，进行金融诈骗，最后落了个锒铛入狱的下场。

盲目的攀比、一味的奢华，使得许多明星企业由盛转衰，由强变弱，甚至消失得无影无踪了。无数企业似乎无法逃脱"富不过三代"的宿命，它像一条咒语一般缠绕在许多中国企业，尤其是家庭企业身上。

台湾塑胶大王永庆就常常举"富不过三代"的例子，用以自勉，也用来教育其子女。

王永庆认为"富不过三代"的原因就是后代不能继续吃苦，缺乏危机感，而且过分追求享乐，把前人的家业都挥霍掉了。王永庆分析了三代人的特征，他认为：

第一代人，不怕困难，不怕吃苦，踏踏实实，克服一切困难，最后取得了成功。

第二代人，虽然没有经历创业的艰难，但受父辈的影响，还能够勤于自勉，努力工作，但是跟第一代人比起来，用功和吃苦的程度已经大大减少了。

第三代人，创业的艰辛对于他们来说已经是很久远的事了，他们没吃过苦，也不知道什么是吃苦，认为今天得到的一切都是理所当然的，因而随意挥霍，不加珍惜，天长日久，自然家境衰败。

这样的现象在国内到处都是，一抓一大把。古代的乔家大院由盛转衰，现代的王安电脑王国的覆灭，都是如此。这么说或许还不够全面，下面就让我们来看一组统计数据吧：

世界500强企业平均寿命为40岁，跨国公司平均寿命为12岁。

全球华人家族企业寿命为10.3年。

中国500强企业的寿命为10年。

中国民营企业的平均寿命为2.9年。

1955年的财富500强企业中仍然存在的只有一半。

1977年标准普尔500强企业中只有74家还存在。

如今，全国的老字号企业有70%已经"寿终正寝"。

绝大多数企业的寿命还不到人类平均寿命的一半，即35岁，其中中途夭折的企业更是不在少数。如果我们对这些企业逐一剖析，我们会惊奇地发现，它们的失败有着许多惊人的地方，其中自以为是、奢侈浪费可以名列死亡原因的第一位。全球化时代的来临，对于本来已经是危机四伏的国内企业来说更是雪上加霜。如今衡量企业成功的标尺已经不再是做大或者做强，而是生存！

"成由勤俭败由奢"，古人这话一点都不假！因此，企业的管理者和员工都要认识到奢侈给企业所造成的严重后果，在自己力所能及的范围内，力戒奢侈之风，保持企业持久、健康地发展。

▶ 学习南泥湾精神：自力更生，艰苦奋斗

在抗战的相持阶段，日本侵略者对抗日根据地实施了惨无人道的"三光"政策，致使后者的经济极为困难，缺吃少穿，甚至人们做菜没油放，打仗没鞋穿，一些人连冬天睡觉时都没被子盖！

面对如此严峻的形势，毛泽东提出了"自己动手，丰衣足食"的伟大口号，在边区开展了大生产运动。八路军一二〇师三五九旅在王震的带领下，开赴延安南泥湾垦荒屯田。战士们发扬革命乐观主义精神，树立抗日必胜的坚定信念，克服了许多难以想象的困难。截至1944年，三五九旅共开垦了26.1万亩田地，把荆棘遍野的南泥湾变成了五谷丰登的"陕北好江南"。南泥湾也因此成为自力更生、艰苦奋斗精神的一种象征。

新中国成立后，百废待兴，但又遭到了西方国家的经济封锁，发展困难。在这种情况下，中央作出决策：继续发扬自己动手、丰衣足食的艰苦奋斗精神！外国人有的，我们要有，外国人没有的，我们也要有！在那种极端困难的情况下，我国却在短短的一二十年间，研制成功了原子弹、导弹、核潜艇、卫星……

我军在几十年的历史里，经受了无数军事上、经济上、生活上、管理上、思想上的困难，但凭着一股自力更生、艰苦奋斗的精神，逐一克服，顽强地走到了今天。如今，许多部队里还保留着针线包一类的东西，有的部队甚至还自己养猪、种菜，自给自足，为国家节省了大量资金。国内外

的环境变了，人们的生活方式变了，兵源和兵役制度都变了，但部队自力更生、艰苦奋斗的精神却始终没有变。

松下幸之助曾对逆境中的挣扎给予评价："逆境给人宝贵的磨炼机会。只有经得起环境考验的人，才能算是真正的强者。""自古以来的伟人，大多是抱着不屈不挠的精神，从逆境中挣扎奋斗过来的。"

在当今时代，知识增长，快得有如宇宙爆炸，竞争加剧，惨烈得跟战场厮杀相去不远。企业只有保持清醒的头脑，像军队一样"保持谦虚、谨慎、不骄、不躁的作风"、"保持艰苦奋斗的作风"，才有可能永葆旺盛的战斗力，在残酷的竞争中战胜强敌，获取最终的胜利。蒙牛在中国的发展堪称一个奇迹：

蒙牛最初不过十几个人，集资 1000 万元，用了不到 5 年时间，便打造出一个产值 50 亿、企业价值超过百亿的企业。对此，董事长牛根生深有感触地说："没有使命的企业走不远。以我办企业的体会，使命是企业的灵魂。没有使命的企业是生存不下去的，更别说做大了。拿蒙牛来说，在很多人看来，蒙牛的发展是个奇迹，可我从不这样认为。蒙牛的成功从宏观上讲，得益于我们所处的是个伟大的时代；从蒙牛本身讲，我们这些人是怀着'强乳兴农'的使命意识来做企业的。正是有了这个使命，才凝聚了管理团队，凝聚了员工。大家朝着一个共同目标，克服了企业创立之初难以想象的困难，在超速成长的同时成为西部最大的造饭碗工程。"

无独有偶，华为公司虽然名列全国电子行业百强之首，但其管理人员和普通员工在生活方面却极为节俭。平时，华为人专找大排档吃饭，哪怕是有领导请客吃饭，也是"找一家小馆子坐下，一盘水煮花生，一盘拍黄瓜，一人再来一碗炒河粉。最后，算是改善伙食，再上一盘回锅肉。"华为人如此节俭，以至于附近一些稍微上档次的饭馆都变得门庭冷清乃至关门走人了。

"由奢入俭难，由俭入奢易"，一家企业要在成功的喜悦和享受的诱惑面前保持清醒的头脑，保持顽强的拼搏精神实在不易。

三株集团在中国的兴起有如神话。三株集团的总裁吴炳新原来不过是个以 200 元起家，卖豆芽菜、承包糕点厂的小商人。自从 1994 年创办山东三株实力有限公司以来，推出了"三株口服液"，并在短短的几年间成为闻名全国的"保健品名牌"。1994 年，三株集团的销售额就高达 1.25 亿，1995 则猛增至 23 亿元，1996 年更是达到惊人的 80 亿元。在一些城市，人们甚至因买三株而排起了长队，一瓶标价不过二三十元的口服液被哄抬至七八十元。但就是这么一家带有传奇色彩的明星企业，却在一场小小的官司之后迅速倒闭了。真是"其兴也勃也，其亡也忽也"。

其实，冰冻三尺，非一日之寒，从表面上看，作为保健品行业龙头老大的三株公司好像是一个塑料大棚，一场官司捅破了一个大洞，新闻界的一阵鼓噪如同一股寒流，涌入大棚内，把各种产品冻得奄奄一息。但往深处追究，三株公司的成长速度超过极限，急速扩张暴露出企业组织存在的缺陷，管理体系跟不上，以及过度的市场投机心理、频繁的人员流动、过高的广告营销费用、感情化的投资决策、过快的扩张速度、运动化的管理方式等，都使这个大厦不断倾斜，最终崩然倒地。

无论是企业的管理人员，还是内部的普通员工，都应该从古往今来的许多案件中汲取经验教训，力戒奢侈之风，保持艰苦奋斗的精神，但成功终究只能属于那些毅力惊人的少数者。只有这样，你所在的企业才能在市场竞争中长久地立于不败之地。

▶▶ 新时代的"吃苦精神"

　　节俭朴素、艰苦奋斗是我军队的光荣传统，也是时代的精神。但是，当我们追寻"好八连"近几年来走过的道路时，却不难发现他们也有过新时代下的困惑。

　　那是 2000 年的夏天，烈日炎炎，驻地中学 30 多名师生来八连过军营一日，中午与官兵一同就餐。100 多号人挤在一个饭堂里，就一个电扇在转动，闷热难当。有的同学问："你们就不能安个空调吗？"

　　一位战士回答："空调倒是有过，进口彩电、冰箱也有过，都是上海市有关部门赠给我们的，可连队都转赠给了贫困地区和希望小学。"

　　"为什么？"学生们不明白。

　　"用了高档电器，怕别人说我们丢了艰苦奋斗的光荣传统。"战士说。

　　这段士兵与中学生的对话引起了党支部"一班人"的深思。这件事看起来小，反映的却是新形势下如何正确对待连队传统、如何与时俱进弘扬艰苦奋斗精神的大主题。理不辩不明，围绕该不该用空调的问题，大家讨论得非常热烈。

　　党支部举一反三，把一段时间内官兵们感到困惑和不解的问题梳理成"27 个怎么看、怎么办"，再次组织官兵展开讨论，让大家搞清楚应该怎么做，不应该怎么做。连队按照"光荣传统不能丢，具体做法不拘泥"的原则，大胆提出不把官兵合理需求看成思想问题，不把适度消费看做大手大脚，不把战士追求实现个人价值看成是动机不纯。既强调生活上的朴素，更注重工作上的进取；既强调踏实苦干，更注重讲科学求实效；既提倡勤俭节约，更注重合理消费；既反对贪图享乐，更注重物质文化生活质量的提高。他们在这 4 个方面求突破，提出了整体建设发展的新思路。取消过时的，改进欠妥的，坚持有用的，创造更好的。"好八连"实践和弘扬艰苦奋斗精神有了更加广阔的空间。

在企业中，许多管理人员和员工也面临着同样的困惑。时代进步了，物质生活改善了，节俭朴素、艰苦奋斗的精神还要不要保持？如果要的话，又要以什么样的方式保持？

对此，有些人简单地将节俭朴素、艰苦奋斗的精神等同于吃便宜东西、穿便宜衣服，结果成了固守贫穷、自甘落后。邓小平说"贫穷不是社会主义"，所以要进行改革开放，让大家的生活都好起来。难道企业不断地发展，反而是为了让大家吃得更糟、穿得更糟？其实，节俭朴素、艰苦奋斗的精神并不是简单的物质追求和生活享受，而应该是一种严于律己的精神境界，一种吃苦耐劳的生活态度，一种奋发向上的精神状态。形式上的东西可以不停地变化，与时俱进，精神上的东西却是永远不能抛弃的。

邓小平在多种场合反复强调过："艰苦奋斗至少要讲六十到七十年，即使将来生活好了，也还要艰苦奋斗。"在企业中，节俭朴素、艰苦奋斗的精神也有其用武之地。具体说来，我们要学会将其转化为解放思想、勇于改革的创新精神，知难而进、刻苦攻关的进取精神，兢兢业业、埋头苦干的献身精神和崇尚节约、克勤克俭的节俭精神。今天讲节俭更重要的是在生产上用最少的投入争取最大的产出，用尽量少的物质消耗生产出尽量多的符合社会需要的产品；要在工作上不推诿、不拖拉，增强时间观念，以高度的责任感、紧迫感，努力提高单位时间内的劳动生产率；要在生活上发扬勤俭节约的美德，精打细算，量入为出，节约开支，不搞脱离生产发展水平的超前高消费，把节省下来的钱用于现有生产技术的改造和扩大再生产上来。实践证明，把节俭的精神长期坚持和发扬起来，资金就会积少成多，企业就会由穷变富，由小变大。

对于员工而言，除了把这种精神融入工作中之外，还应该把它转化为自己的生活准则和奋斗精神。一名优秀的员工不仅要对企业负责，还要对自己负责，时刻保持着朴素、进取的作风，不断学习，勇攀高攀，这样才能推动企业不断向前进。

第十章

作风之韧性：
注重总结与汇报，加强思想教育

▶ 班务会：让军魂在公司中生根发芽

俗谚说："罗马不是一天建成的。"优秀的个人注意细节，从小事做起；优秀的组织重视反思，要求天天进步，从而积小成大、积少成多，每天进步一点点，最终成就伟大的事业。解放军的优良作风也是在实践中慢慢磨砺、积累起来的，其中一个很重要的方式便是班务会。

顾名思义，班务会就是一个班就自身的事务工作进行总结，表扬好的，批评不足的，然后布置接下来的任务，明确下一步的努力方向。《内务条令》第138条规定："班务会，每周召开一次，由班长主持，在星期日晚饭后进行，一般不得超过一小时，主要是检查小结一周的工作。"一般说来，班务会有这么几项内容：

1. 班务会主要总结讲评全班一周的学习、执勤、训练、施工（生产）、作风、纪律、安全、生活等方面的情况。

2. 表扬或评选好人好事。

3. 检查解决存在的主要问题。

4. 传达队务会精神及首长指示。

5. 讨论研究和布置下周工作。

班务会是《内务条令》规定的连队的行政例会之一，是军队基层民主建设的一种有效形式，是基层经常性管理教育的有效途径，也是班长履行职责、促进全班建设的主要手段。开好班务会，对于把经常性工作、基层民主生活和"双争"活动落实到班，具有检查督促、团结凝聚和鼓舞激励的重要作用。古人云："吾日三省吾身"，说的其实也是这种自我反省、不断总结、时时进步的精神。

在第二次世界大战之后，像松下幸之助、索尼的盛田昭夫、本田的本田宗一郎，他们都很想为自己的国家做一些事情。后来他们就聘请了美国的管理学权威戴明博士，到日本去做演讲。

他们说："戴明博士，你是世界一流的管理权威，你拥有一流的资讯，请你教我们这些日本人，怎么样才可以在世界拥有一席之地？"

戴明博士说："很简单，我只给你们一个管理的概念，叫做'每天进步1%'。""演讲结束了，你们可以去干活了。"

日本还真这么做了，随后的历史想必大家也耳闻目睹了。日本经济腾飞起来之后，美国人倍感好奇，千方百计地想知道他们成功的秘诀，后来才知道日本所坚持的只是"每天进步1%"，而这一理论竟然出自美国本国博士！这真是应了中国一句古话："墙里开花墙外香！"

后来，福特汽车公司把戴明博士找了去，问道："戴明啊，你去日本到底讲了什么管理哲学，为什么把我们福特打得稀里哗啦的？"

戴明博士说："没有什么秘诀啊，我只是要求员工每天进步1%。"

福特汽车企业的管理层恍然大悟，奋起直追。不到两年，福特公司净赚六十多亿美元，后来还并购了日本的马自达公司、英国的捷豹公司、阿斯顿·马丁汽车厂。

事实上，世界上最大的成功秘诀跟一些真理一样，都是浅显易懂的道理，但成功者跟别人的区别就在于他们相信并努力实践着，并一路坚持了下来。

当今社会发展日新月异，在现实的压力下，每个人都希望自己能有更好的发展空间，拥有更多的成功和快乐，获得内心的充实和满足，过着幸福的生活。如果你希望自己的梦想成为现实，那么请你在日常生活中加强自律，自觉要求自己"每天进步1%"，用行动来成就梦想！

古希腊的大哲学家苏格拉底有着许多学生，其中不乏聪明之辈。开学第一天，学生们就问老师苏格拉底："如何才能成为像你一样伟大的哲学家？"苏格拉底没有直接回答，而是对学生们说："今天咱们只学一件最简单也是最容易做的事儿。每人把胳膊尽量往前甩，然后再尽量往后甩。"说着，苏格拉底做了一遍示范。"从今天开始，每天做300下，大家能做到吗？"

学生们都笑了：这么简单的事，有什么做不到的？

过了一个月，苏格拉底问学生们："每天甩手300下，哪些同学坚持了？"有九成的同学骄傲地举起了手。

又过了一个月，苏格拉底再问学生们这件事。这回，坚持下来的学生只剩下了八成。

一年过后，苏格拉底再一次问大家："请告诉我，最简单的甩手运动，还有哪几位同学坚持了？"这时，整个教室里，只有一人举起了手。这个学生就是后来古希腊另一位大哲学家柏拉图。

在生活中，我们听过很多大道理，也给别人讲过很多大道理，甚至那些成功人士介绍经验时，说的还是大道理。但为什么有的人成功了，而有些人一辈子默默无闻呢？其实原因就是这么简单，前者去做了，并坚持了下来，而后者说到做不到。

据说世界排名第一的保险推销员也是这么介绍他的成功经验的。

这名保险推销员要退休了，他的退休大会吸引了保险界的5000多位精英参加。当人们询问他推销保险的秘诀时，他微笑着说随后告诉大家。

到了要揭示秘密的时刻了，全场灯光暗了下来！会场后面出现了四名彪形大汉，合力抬着一铁架上台，铁架下垂着一只大铁球，现场的人都一副丈二和尚摸不着头脑的样子，不知这名推销员葫芦里卖的是什么药。

只见那名保险推销大师走上台，从口袋里拿出一个小铁锤朝铁球敲了一下，问有谁能敲得动这个大铁球。现场先后有两名大力士上台去试了一下，但均无功而返，在一片善意的笑声中走下了台。谁也不相信这么一个大铁球能被一把小铁锤敲动起来。

推销大师笑了笑，接过小铁锤，开始轻轻地敲了一下铁球。铁球没有动，隔了5秒，他又敲了一下，还是没有动，于是他每隔5秒就敲一下，持续不停，但铁球还是一动也没动。渐渐地，台下的人开始骚动不安，并开始往外走。人愈走愈多，留下来的只剩下几百人。40分钟后，终于，大铁球开始慢慢晃动了，铁球甚至开始摇晃起来，就算力气再大的人也无法让它停下来。

最后这位推销大师，面对剩下的几百人，与大家分享他一生的成功经验。他说："成功就是简单的事情重复地去做，以这种持续的毅力每天进步一点点，当成功来临的时候，你挡都挡不住。"

什么是成功的秘诀？就是坚持着同样的事情，哪怕它很简单、很简单！

▶ 传统教育：故事也能激励人

除了班务会之外，解放军还有个非常鲜明的特点，那就是对荣誉与传统的重视，善于从传统故事中发掘出努力学习、自我激励的动力。一般新兵入伍之后都会接受光荣传统教育，而每支部队，上至集团军，下至作战连，都会把本部队历史上最著名的战役、英雄模范事迹罗列出来，作为提高官兵忠于职守、热爱集体意识的教育内容。日积月累，这些东西便成了一个个生动的传统故事。

在公司中，我们也能经常看到类似的例子。一句"人类失去联想，世界将会怎样"给无数人留下了深刻的印象，而人们也对联想掌门人柳传志如何以20万元起家打造"中国民族品牌"充满了兴趣。柳传志看准了这一点，让公共关系部适时推出《联想为什么》一书，讲述联想成长的故事。随着联想故事的家喻户晓，联想的品牌电脑也在市场上热卖。在人们惊叹柳传志原来还是个讲故事高手的同时，联想其实已经借此做了一次卓有成效的宣传。

其实，海尔的张瑞敏也是讲故事的高手。他常常通过所见所闻的故事，说明自己对企业管理的看法。他坦言曾做过这样的思考："我常想《圣经》为什么在西方各国深入人心？靠的就是讲故事。"我们所熟知的"洗土豆的洗衣机"、"麦克冰箱"以及"海尔好兄弟"等故事，不少就出自张瑞敏本人之口。

生动的故事能打动人，真实的故事则能说服人。道理很简单，传播自己的理念，铸就自己的企业文化，应该依赖真实感人的故事，而不是教条式的说理。只有用"公司自己的故事"来说明哲理，才能给员工留下更深刻的印象。那么，我们应该怎样讲故事，讲什么样的故事呢？

首先要真实，跟我们生活距离不要太遥远，否则就成了奇迹或者神话，只有充当谈资的份了。联想、海尔乃至可口可乐、凤凰卫视等知名公司的著名故事都是源于生活。人是身边的人，事是活生生的事，这样的故事才真实可信，容易说服人，而表现真实的最好方式莫过于领导以身作则。张朝阳爬珠穆朗玛峰、王石坐热气球，既是休闲与享受，也是亲自创造故事。

其次，故事要有精神内涵，能够启发人、鼓舞人，否则便丧失它应有的激励作用了。像张瑞敏大锤砸掉不合格的电冰箱这种故事就很成功，让人在惊叹他的决心与魄力的时候，内心也受到强烈的震撼。有时企业家不必讲"我认为"、"我觉得"，而只需讲事实和故事本身，从而给大家思考的余地，正所谓"引而不发"，最重要的是能让听故事的人反复琢磨故事中的道理。企业家讲故事，就是要让员工思考：我能从中学到什么？我是不是也可以这样做，或能否避免同样的错误?

当然，故事还要富有一定的传奇色彩。人或多或少都有猎奇的心理，永远喜欢倾听新鲜、有趣的故事而非老一套的说教。公司故事若能在真实的基础上适当夸张，则能起到意想不到的效果。比如凤凰卫视的刘长乐就曾"编"过这么一个故事：美国总统下达攻击伊拉克的命令之前，问他的新闻官：中国的凤凰卫视直播吗? 人们当然不会追究这个故事的来源与真伪，但对在观众中强化凤凰卫视的实力与自信却产生了更深刻的印象。

有时候，客户的故事也能反过来，起到激励员工、宣传公司的作用，毕竟客户才是最好的宣传媒介。

美国 Medtronic 生物医学工程公司是一个生产医疗设备（装置）的专业厂家。一位名叫 Gary Prazac 的人说，自己患有帕金森病已经好多年了，病魔折磨得他举步笨拙，靠手杖助行，忍受着抖动摇摆带来的巨大痛苦。自从外科医院的医生给他嵌入 Medtronic 的深脑激发装置以后，他的病情大为好转。这个深脑激发装置至少可以使用 10 年，那真是一个奇迹。Gary Prazac 说：不久前，我在门前的小树林遛狗，与原单位人邂逅闲谈。他问："此前我曾见过这条狗，但那是一个老人拄着拐杖与狗在一起，那是令尊吗?""不，那正是我自己呀!"Prazac 讲完了自己使用深脑激发装置的故事，最后说："是 Medtronic 的产品使我焕发了第二青春。"经过短暂的惊讶与沉默之后，每个旁观者用纸巾擦干了眼泪，同时，也牢牢地记住了这个公司的名字。该公司的员工们听到这个故事之后则生出无限的自豪，更加努力地投入工作中。

如今，公司在对外扩张、攻城略地时也要注重运用讲故事的方式。我们今天熟识的可口可乐、麦当劳，最早多是从美国好莱坞电影中知道的；20 年前，我们疯狂购买日本产品，多是从看日本电视连续剧开始的；现在受韩国产品的影响，我们也多是从强劲的"韩流"、从《我的野蛮女友》等电影和歌曲中感受的。

任何一个公司无论其产品如何，实际上都离不开文化。在产品日益丰富、充足的今天，消费者早已不满足于产品单一的使用功能，而关注附加于产品上的文化信息和文化内涵，因此，文化之于公司，对内具有"凝聚力"，对外具有竞争力。善于讲故事，创建一个文化型组织是中国企业管理者的必然选择。

▶ 忆苦思甜：保持优良传统

如果说传统教育是向别人的过去学习，那么接下来所要讲的忆苦思甜，便是向自己的过去学习。一些好的作风不仅有赖于良好的制度环境与优秀的学习榜样，最终还是要落实到自己身上。一个人要是能时时回顾过去，寻找最优秀、最朴实的那一部分，将其坚持下来，那么他便能从中获得持久的精神动力。我们要保持艰苦朴素的作风，最有效的方式之一便是不时地忆苦思甜。

我军除了经常性地开展班务会、传统教育之外，还特别重视自身的对比学习，让士兵们现身说法，忆苦思甜。有什么样的作风，就会有什么样的部队。解放战争时期，国民党的许多军队原本军纪败坏，战斗力低下，但接受解放军的改造之后，军容、军心、军纪、凝聚力和战斗力都为之一变，其原因便在于整顿了纪律、优化了作风，其中卓有成效的整顿、优化方式便是让新兵们开控诉大会，让老兵们忆苦思甜。

这也正是国民党军队最薄弱的地方。

解放军中最先开展控诉运动的部队是潘朔端的海域起义部队。这支部队于 1946 年 5 月 30 日在辽宁海城起义后，开赴安东地区进行政治整训。政治整训之前，部队抽调了 150 余名军官前往黑龙江省北安县，进入东北军政大学总校学习，学期 9 个月，接着部队又在兴隆镇成立了两个士官训练队，从班长和士兵中选拔了 300 多人参加培训，其中 1 队学期 3 个月，2 队学期 6 个月。

诉苦运动开始后，该兵团的士兵一个个哭得撕心裂肺、惊天动地。其中，有的哭得痛不欲生，有的哭得死去活来。第 472 团 2 营召开诉苦大会，第一次大会就哭晕倒了 31 人，第二次大会又晕倒了 35 人。诉苦会结束以后，有的哭得两三天吃不下饭，有的甚至哭得一时精神恍惚，受到了极大震动。

政治工作干部发动起义士兵群众开展了轰轰烈烈的控诉运动，改造旧军队的突破口一下子撕开了。控诉运动的第一步，是"倒苦水"。接下来，就是"算细账"，结合驻地附近的土地改革运动，先算受剥削的"经济账"。算完"经济账"之后，再算"政治账"：看看周围的村子，地主、富农占多大比例？不超过 10%。再看国民党军队，士兵有几个不受剥削压迫？共产党依靠人民、发动人民，总有一天会彻底打倒国民党反动派！最后是"挖苦根"。云南地主老财剥削人，四川的地主老财剥削人，东北的地主老财也剥削人，为什么？万恶的剥削制度是劳动人民的"苦根"！觉悟了的国民党起义官兵，只听共产党的话，起义部队除了共产党，谁都拖不走了！

这一方式的效果是明显的，产生了共同的信念，而信念的力量是伟大的。柳传志在回忆成功经历时，尤其强调了这一点，他的军队经历使他深知这一点。他曾深有感触地说道："我一入伍，就要'忆苦思甜'，要明确为谁当兵、为谁打仗。当时连续三天，停止一切活动，要共同回忆家里的历史，回忆旧社会的迫害，有时大家简直泣不成声。我在看解放战争历史的时候，看到在东北，打仗前要进行'两忆三查'，就是要把分房分地办得好的战士的家乡情况告诉大家，激发战士对敌人的痛恨。现在我讲，企业为什么第一就是要让士兵爱打仗，确实是因为这种氛围一旦造出来就非常厉害，对提高企业执行力有极大的帮助。"

常常回顾过去，能够让我们思考：我们原来是什么样子的？我们为什么参加工作？我们想达到怎样的目标？在这一过程中，我掌握了哪些新的东西，又丢掉了哪些好的传统？如果每个员工、每个管理人员能够经常这样自我回顾，那么保持艰苦奋斗的作风便不会是什么难事了。

第三部分

军事化管理实战：
作风如何转化为战斗力

第十一章

拥有愿景，随企业一起成长

▶ 拥有愿景，保持昂扬的斗志

多年前，上海出版的一本故事杂志刊登了这样一则笑话：

记者采访一个在山坡上放羊的少年。

记者："你放羊做什么？"

放羊娃："挣钱。"

记者："挣钱做什么"

放羊娃："娶媳妇儿。"

记者："娶媳妇儿做什么？"

放羊娃："生娃娃。"

记者："生娃娃做什么？"

放羊娃："放羊。"

其实，这样的笑话不仅仅发生在放羊娃身上，在许多公司员工身上也有着不同程度的存在。你问他工作是为了什么，他说赚钱；问他赚钱干什么，他说买车、买房子；问他买车、买房子干什么，他说娶老婆。可娶了老婆之后？生孩子。生孩子之后呢？上学。上学之后呢？工作……兜了一圈后又绕了回来，似乎工作的终极目标还是工作。这种为工作而工作的想法其实就等于什么目标、什么愿景都没有。缺乏了目标和愿景，你还能指望他工作起来很有激情吗？或者从根本上来问，你觉得这样的工作有什么意义吗？

或许有人会想到责任，比如说养家糊口，但这并不是工作本身的意义，而只是为了满足其他需求的手段之一。当这种需求能够找到其他的替代方式（比如中了大奖）的时候，他还觉得有必要工作吗？

这种想法不仅不现实，而且很狭隘。我们参加某项工作并不是简单的挣钱多少的问题，而更多的是为了实现生命的价值。每个人的生命都只有一次，大家应该珍惜，想着怎么让它变得既快乐又有意义起来。生命是一个实现自我价值的过程，而工作给我们提供了这样一个舞台。从根本上说，大家参加工作是因为它能让我们找着自己在社会中的定位，能够服务他人、实现自我。一个人只有确立了自己工作的愿景，才能够沿着这个方向不断努力，并且能做到"衣带渐宽终不悔，为伊消得人憔悴"，最终才能取得巨大的成功、发现人生的真谛！

一位参加长征的红军老战士在回忆爬雪山的情景时如此说："我们翻越了一座又一座雪山，当时想，我们这些人也许永远也翻不完这些山，没有指望了。但我们始终相信一点，即使我们真的倒下去了，我们的下一代也一定会继承我们未竟的事业，继续前进。革命终将成功！"

这段典型的革命式话语感动我们的是它的信仰是如此的虔诚。中央红军历时一年多，走遍了大半个中国，走完长征到达陕北时只剩下6000多人。在长征中，他们既要与国民党的部队作斗争，还要跟恶劣的自然环境作斗争。然而，困难和敌人都没能难倒他们，红军一路凯歌地到达陕北，建立了新的抗日根据地。

1936年，美国记者埃德加·斯诺在陕北的黄土高原采访了毛泽东和其他中共领导人，把中国红军和二万五千里长征的真相告诉了全世界。红军将士在长征途中挨饿、受冻，穿越了世界上最险峻的山峰和最荒凉的草原，横渡了二十四条江河，翻越了近千座山峰，打了无数场战役。而在这个看似奇迹的背后，支持他们的则是坚定不移的共产主义信仰。这才是最值得我们深思和学习的东西——我们在企业管理中称之为"愿景"。

愿景是理想的具体化，但并不简单等同于目标。按照学理的说法，愿景是分析前的认知行为，是个人认为一个组织或制度看上去应该怎么样、应该如何运转以及应该如何把这个经营组织带向未来。历史上的许多成功人士都有过远大的愿景。摩西的愿景是领导他的人民摆脱埃及法老的奴役，亚历山大的愿景是通过小亚细亚扩张马其顿王国，圣雄甘地的愿景是印度独立，而马丁·路德·金的愿景是在美国实现黑人与白人的平等。那么，员工的愿景呢？他们都在想些什么呢？

全球著名的管理咨询顾问公司盖洛普公司曾经进行过一次关于如何建立一个良好的工作场所的调查。他们采用问卷调查的方式，让员工回答一系列问题，这些问题都与员工的工作环境和对工作场所的要求有关。最后，它们对员工的回答作了分析和比较，并得出员工的 12 个需要。这些需要是薪酬和福利待遇以外的需要，它们集中体现了现代企业管理中员工管理的新内容。

这些需求是：

1. 在工作中我知道公司对我有什么期望。

2. 我有把工作做好所必需的器具和设备。

3. 在工作中我有机会做我最擅长做的事。

4. 在过去的 7 天里，我出色的工作表现得到了领导的肯定和表扬。

5. 在工作中我的上司把我当一个有用的人来关心。

6. 在工作中有人常常鼓励我向前发展。

7. 在工作中我的意见一定有人听取。

8. 公司的使命或目标使我感到工作的重要性。

9. 我的同事们也在致力于做好本职工作。

10. 我在工作中经常会有一个最好的朋友。

11. 在过去的 6 个月里，有人跟我谈过我的进步。

12. 去年，我在工作中有机会学习和成长。

从上述需要可以看出，在员工满足他的生存需要之后，更加希望自己得到发展并有成就感。你是不是也考虑过类似的问题呢？

一个优秀的员工也应该具备这样的认识和预期，而不应被动地接受工作、安于现状。工作是船，愿景是帆，帆将带你驶向成功的彼岸；公司是山，愿景是灯，灯将照亮你上山的路途。如果你想在公司里有所作为，而不是得过且过；如果你想在职场上大展宏图，而不是在一个小岗位上混日子、磨工资；如果你想找到工作和人生的意义所在，而不是简单地为工作而工作，那么现在就开始设立你的愿景、规划你的未来吧！

▶ 调整愿景，和企业一起乘风破浪

一般来说，愿景都是针对现实生活中不利或消极的事物而建立的。唯有如此，个人和社会才能不断进步，作为团体的公司更是如此。员工首先考虑的是自己的工作与工资，而公司考虑的则更宏大、更复杂，往小了说是整个公司的发展计划、内部管理，往大了说是怎样更好地服务社会、回报社会。这时候，员工便有必要考虑这么一个问题：如何调整自身愿景与公司愿景的关系。

公司是员工发展的载体，公司的存在为员工提供了一个工作的机会、一个发挥聪明才智的地方，也提供了一个不断发展进步的舞台。在这里，每个人都可以互相交流、沟通与协作。员工不论是在参加培训班，还是走上工作岗位之后，其实都已经成为公司的一分子，一个跟其他员工、其他部门有着紧密联系的有机分子。你的一举一动都可能对公司产生直接或间接的利害关系，而企业的管理与规划也跟你的利益息息相关。

　　迈克尔·阿伯拉肖夫原本是美国导弹驱逐舰"本福尔德号"的舰长。1997 年 6 月，当迈克尔·阿伯拉肖夫接管"本福尔德号"的时候，船上的水兵士气消沉，很多人都讨厌待在这艘船上，甚至想赶紧退役。但是，两年之后，这种情况彻底发生了改变。全体官兵上下一心，整个团队士气高昂。"本福尔德号"变成了美国海军的一艘王牌驱逐舰。

　　迈克尔·阿伯拉肖夫用什么魔法使得"本福尔德号"发生了这样翻天覆地的变化呢？概括起来就是一句话："这是你的船！"

　　迈克尔·阿伯拉肖夫对士兵说："这是你的船，所以你要对它负责，你要与这艘船共命运，你要与这艘船上的官兵共命运。所有属于你的事，你都要自己来决定，你必须对自己的行为负责。"从那以后，"这是你的船"成了"本福尔德号"的口号。所有的官兵都觉得管理好"本福尔德号"就是自己的职责所在。

　　现在，我们假定你是"本福尔德号"舰船上的一员。不管你是大副，还是水手；也不管你是机械师，还是船舱底下的司炉工。你该怎样对待你的工作岗位？你是不是有责任、有义务照管好你的"本福尔德号"？其实不需要其他的理由，因为这是你的船！

　　同样的道理，既然你选择了一个公司并成为它的员工，这就意味着你踏上了一艘船，从此这艘船的命运就和你的命运牢牢地联系在一起了。公司是船，你就是水手，让船乘风破浪、安全前进，是你不可推卸的责任。一旦遇到风雨、礁石、海浪等种种风险，你都不能选择逃避，而应该努力使这艘船安全靠岸。"与公司一起乘风破浪"应该成为每一位员工的最高追求，这也是在知识经济时代里公司发展的必然要求。

　　十年前，美国非营利连锁医院"健康第一"（Health First），医疗品质低落、花费超出预算，问题重重。当时，医院的管理团队针对问题设立了五大目标，并且将目标推至最前线的员工。每年年初，主管会和每位员工会面，跟他们讨论个人的年度工作目标，必须做到哪些部分，以协助医院达到五大目标。例如，在减少支出的目标上，主管可能告知一名员工，在他的职责范围内，今年必须减少5%的支出，在年中时，主管会检视员工目标达到的程度。达成度员工的薪资，50%依照个人及团队的目标而定。

在医院清楚串联起员工及公司的目标后，不到一年的时间，病人对医院的满意度便增长了一倍，目标效果显著。

美国著名的杂志《劳动力》也随后报导说，如同这家医院过去的情况一样，在不少公司中，只有高级主管才在意公司的目标，第一线的员工不是不清楚公司的目标为何，就是因为执行的只是维持公司运作的例行性工作，看不出自己对公司的目标有何影响，因此不在乎公司的目标为何。当这种情况出现时，公司有如不协调的人体，虽然大脑想要执行一些动作，但是手脚却不听使唤，失败在所难免，最终员工也跟着受害。

事实上，对于公司的目标，各阶层的员工都应该有所了解，找到公司目标与自己工作之间的关联点，努力地把公司愿景和自身愿景融为一体。员工们必须意识到，自己的工作是重要的，对公司是有贡献的，而自己必须承担起这份责任来。

美国康维货运公司透过与员工分享资讯，将公司愿景层层推到最前线的员工。公司将每名驾驶员的工作表现（包括车祸频率、送货时间等）如何影响公司目标和营收的资料细节，向所有驾驶员公布，所有员工的奖金，都以公司的营收为基础计算得出。而驾驶员也了解自己的送货情况对公司整体营收的影响以及对员工奖金的影响。如此一来，员工不仅会鞭策自己，同事之间也会互相提醒。例如，如果一名驾驶员常常送货迟到，同事会主动询问他原因，因为他的工作情况影响到了同事的奖金。在这种情况下，员工和公司融为一体，员工之间也做到了互相监督、精诚合作。公司的效益上去了，员工自身也跟着受益。

在很多情况下，企业的管理者并不能都像美国的康维货运公司一样，事无巨细地跟每个员工进行沟通，这便要求员工自身学会理解公司的愿景，并主动地承担起相应的责任。一个员工只有把自己的奋斗目标和企业的愿景紧密地结合在一起，才能更好地为工作服务，得到更广阔的发展平台。

▶ 完善愿景，在社会中实现"大我"

红军在长征途中可谓损失惨重，但当红军胜利到达延安的时候，人们都知道，中国还有希望。在此后的战争岁月里，许多参加过长征的人成了军队的主力。建国以后，这些人在重要的岗位上继续发挥着作用，引导着人们走向新的胜利。尽管其中有些人位不高、权不重，工作也很平凡，但这些红军战士没有一句怨言，他们为自己是红军团队中的一员而感到自豪。作为红军，他们有着一种神圣的使命感与荣誉感。

使命感就是知道自己在做什么以及这么做有何意义。一个人努力奋斗，并不仅仅是为了自身的生存。如果仅仅是追求养活自己，那么这个人的存在对社会便没有多大意义。任何一名员工都不能以赚钱为唯一目标，在满足自身的发展要求之外，还应为社会提供更好的理念与服务，树立更加宏大的愿景。

松下公司的愿景是"战胜贫穷，实现民众富有"，微软公司的愿景是"让计算机进入家庭，并放在每一张桌子上"，福特公司的愿景是"制造一辆适合大众的汽车，价格低廉，谁都买得起"……每一家成功公司的背后都有着沉甸甸的社会担当，它们牢记自己的责任与使命。对此，员工不仅要学会理解，而且要努力融入其中，跟公司一起为社会作出自己的一分贡献。

有了好的愿景，更要付诸实践，否则就会流于形式，成为空口号，跟社会基层打交道越多的公司越应注重这一点。

新疆的农五师电力公司热力分公司供暖区域近15平方公里，包括师直地区、军分区、州石油公司及博乐市部分地区等。2007年的冬季供暖面积达115万平方米，热用户有1万余户。为了更好地提高员工的社会责任意识，农五师电力公司热力分公司自9月份以后，采取座谈会、会议和组织学习的形式，以供暖服务为核心，要求全体员工从"四方面"明确所担负的社会责任，进一步提高服务社会的积极性。

在实践过程中，员工爱岗敬业，在完成本职工作的同时，也实现了服务社会的目标。他们在维护公共安全上，狠抓安全生产、重大隐患排查治理，加强公司供暖安全管理，加强警企协作，打击破坏热力的违法犯罪行为，不断加大安全用热、科学用热的宣传普及力度，提高市民安全用热意识。在天气骤冷、重大节日、热力抢修、用户服务等工作中尽职尽责，并在工作中做到"十项承诺"，严格遵守"十个不准"的禁令，塑造一流服务品牌。此外，员工们还真情回馈社会，把承担社会责任作为创建文明行业、和谐公司的重要组成部分，积极参与"青年志愿服务"、"扶危济困捐助活动"、"挂钩贫困户"等各类活动。

该公司坚持以"用户至上、服务第一、发展供热、造福人民"作为公司宗旨，以"强化供热管理、提高服务水平、体现社会责任"为核心目标，不断加强员工提高社会责任的教育，向社会公众展示真诚、开放、勇于承担责任的公司新形象，取得了良好的效果。据悉，该公司通过开展一系列优质服务系列活动，进一步提升了服务水平，年度用户评价满意率为93%，没发生一起上访事件。

平时这样，重大事件、关键时刻更是如此。在2008年的"5·12"汶川大地震事件中，许多企业捐钱捐物并组织员工亲赴灾区，自愿投入抗震救灾与灾后重建工作之中。像慧聪安防网在成都的分部干脆全部放假，参与到了志愿救灾活动当中。面对勇于承担社会责任的企业，员工们更应该勇敢地承担起这份道义，为服务社会、成就"大我"贡献自己的力量。

教皇保罗二世说过："一家商业公司的目的，不仅仅是要赚取利润，而是要让人看到，它是一个由人组成的团体，其存在的根本目的，是要以各种各样的方式来满足其最基本的需求，并且以服务于全社会的方式组成一个特别的团体。利润是商业的调节器，可是，它不是唯一的，人性和道德因素等别的原因也应该被考虑在内，这在长期看来至少与一门商业的生命是同等重要的。"对于个人来说，又何尝不是如此呢？员工参加工作，不能老想赚钱，而要超越金钱，多想想工作的意义所在、社会责任所在。只有明了意义的人才能寻找到真正的快乐，也只有勇于担责的人才能寻找到工作的激情。如果你愿意做一个快乐而有激情的人，就从学会担当社会责任这一课开始吧！

第十二章

成功的保障：服从与纪律

▶▶ 绝对服从，一切行动听指挥

服从是士兵的天职。无论在什么时候、什么地方、什么情况下，士兵都应以绝对服从为第一要务。它跟忠诚、朴实等品质共同构建了军队优良的作风。只有具备了服从品质的人，才会在接到命令之后，全力以赴，充分发挥自身的聪明才干，想方设法地完成艰巨的任务，并勇于承担一切后果。在军队，如果士兵不服从命令安排、擅离职守、独自行动，那不仅不可能取得胜利，反而可能导致极其严重的后果。在军人眼里，命令就是一切，无论付出多大的代价，哪怕是牺牲自己，他们也要坚决地服从，不折不扣地完成任务。

在这一方面，西点军校的军人同解放军一样，是个讲服从与纪律的典范。

西点军校的莱瑞·杜瑞松上校在第一次赴外地服役的时候，有一天连长派他到营部去，交代给他7项任务：要去见一些人，要请示上级一些事，还有些东西要申请，包括地图和醋酸盐。

接到这些任务之后，莱瑞·杜瑞松没说什么，立即出发了。这让连长感到有些意外，因为当时醋酸盐严重缺货，莱瑞·杜瑞松完全可以找个借口推托一下，可是他没有。

顺利地完成了其中6项任务之后，莱瑞·杜瑞松找到了负责补给的中士，希望他能从仅有的存货中拨出一点醋酸盐，但是中士拒绝了。于是，莱瑞·杜瑞松一直缠着他，滔滔不绝地向中士说明理由。到最后，也不知道是被杜瑞松说服了，相信醋酸盐确实有重要的用途，还是眼看没有其他办法能够摆脱杜瑞松，中士终于给了他一些醋酸盐。

就这样，不找任何借口、保证完成任务的莱瑞·杜瑞松带着完美的结果回去向连长复命了。

无独有偶，在二战时期，盟军决定在诺曼底登陆，其间也发生过一个有关服从与纪律的小故事。在正式登陆之前，艾森豪威尔决定在另外一个海滩先尝试一下登陆的困难。他把这个任务交给了三位部下。经过多次的讨论，那三位部下一致认为：这是一次不可能成功的行动，所以他们力劝艾森豪威尔取消这个计划。在困难面前，他们选择了推诿与逃避。

后来，艾森豪威尔把这个任务交给了希曼将军，希曼将军义无反顾地接受了这一任务。这一次战斗是极其惨烈的，盟军损失1500人，几乎全军覆没。但是这一场战斗为后来的诺曼底登陆提供了不可多得的经验和教训，从而使诺曼底登陆一举成功。相比之下，希曼将军就是一位听从命令、服从指挥的优秀将才。他对待任务的态度就是不折不扣地去执行，不皱一下眉头，不找任何借口。正是由于盟军中有着大量这样的优秀将士，反法西斯斗争才得以顺利进行，并取得了最终的胜利。

服从是行动的第一步，服从的人就要遵照指示做事，暂时放弃个人的主见，全心全意地去遵循所属机构的价值观念。一个人只有在学习服从的过程中，才会对其机构的价值及运作方式有一个更透彻的了解。没有服从就没有执行，团队运作的前提条件就是服从，可以说，没有服从就没有一切。进入一家新的公司，你必须从零开始，要给自己一个定位，明确自己的职责，服从公司分配给你的任务。

服从命令不仅是口头上的，而且是行动上的。具体而言，就是在执行过程中不问为什么，只想着怎么干。这并非是在扼杀个体的主观能动性，而是为了更好地实施既有的计划。只有当群体统一了步调，才能发挥出惊人的执行力与战斗力。要是有那么几个人想怎么干就怎么干，或者大家乱成一锅粥，那么许多战机便会被延误，许多困难便没人去克服。人心不齐，干什么都很困难。

那么怎么做才是最好的服从呢？说复杂就复杂，说简单也简单，简单说来，最好的服从就是一切行动听指挥。在军队里，很常见的情形便是对表。在这里，哪只表比较准，哪只表才是北京时间并不重要，重要的是大家要统一，统一时间，统一命令，统一听从上级的指挥。"一切行动听指挥"，就要求组织成员能够按照组织下的号令行动，不能有自己的小算盘或者时间算法、命令系统。

某连是军中闻名的先进连队，军纪严明，人称"硬骨头六连"。该连的同志根据自己的切身体会，在服从命令、听从指挥方面总结出了"五个照办"：

不是部分条文照办，而是条条照办；

不是一时一处照办，而是时时处处照办；

上级强调时照办，上级不强调时同样照办；

顺心合意时照办，不顺心合意时同样照办；

顺利条件下照办，困难条件下同样照办。

一名合格的士兵就应该这样，具有强烈的纪律意识，对上级的命令能够做到绝对服从和不折不扣地去完成。只有善于服从的士兵才懂得怎样去指挥。服从意识并不会让他们变成一个唯唯诺诺、失去主见的人。相反，许多退役军人从中学到了怎么指挥与管理。有位士兵退伍在安徽老家一家啤酒厂当了名工人，几年后便因为强烈的纪律观念和服从意识而被提拔为车间主任。他是这么说的："不具备服从品质的员工，得不到领导的欣赏，是不能向更高级的管理职位前进的。不会服从，就不会领导；没有服从的激情，就没有命令的威严。如果连服从都做不到，就不可能去管理别人，不可能正确处理个人利益与团队利益的冲突。学会服从和培养服从的品质是每一个获得更高地位、成就卓越事业的第一步。这一点我在部队就做到了，因此，当车间主任后我知道怎么去管理。"

可以说，绝大多数管理人员都是从基层干起，从普通员工做起的。只有先懂得服从，才有可能向更高的层次迈进。对于组织来说，纪律永远比任何东西都重要，没有了纪律，便如同坦克没了履带、轮胎没了车轴一样，寸步难行。大到一个国家，小到一个公司、一个部门，其实都是一个指挥与服从的系统。在这个系统当中，只有首先做一名出色的服从者才会成为一名优秀的指挥者、管理者。

▶ 延安黄克功的故事：纪律面前，人人平等

不想当将军的士兵不是好士兵，同样的，不想当老板的员工也不是好员工。只要一个人足够努力，那么他不会永远在一个位子上待着，尤其是基层岗位。但是不论你身居何职，有一点是始终不变的，那就是纪律永远是第一位的。千万别以为你立功受奖或者升职了，纪律意识就可以松懈。在纪律面前，大家都是平等的。谁破坏了纪律，谁就要受到处罚。

抗战时期，延安就发生过一起轰动一时的黄克功事件。黄克功少年时就参加了红军，参加过井冈山斗争和二万五千里长征，打仗时非常勇敢，立过无数战功，曾担任红军团长，可谓战功赫赫。后来组织送他进抗大学习，他看上了同校一名女学生，可女方却不愿意，两人为此发生了口角。黄克功一怒之下，掏出枪来把对方给打死了。这件事在审理时一度引起了很大争议。很多人认为黄克功是有功之臣，前线需要这样的军事干部，不妨让他戴罪立功。一些从井冈山走出来的老同志也纷纷出来为他说情。

但是，毛泽东却极力主张要依法办事，对黄克功处以极刑。他在给此案的审判长雷经天同志的信中说道："正因为黄克功不同于一个普通人，正

因为他是一个多年的共产党员，是一个多年的红军，所以不能不这样办。共产党与红军，对于自己的党员与红军成员不能不执行比较一般平民更加严格的纪律。"毛泽东的这封信在审判大会上宣读之后，引起了全场震动，许多青年学生为之落泪。纪律是冷酷的，它发挥奇效的地方在此。但它令人敬佩的地方却也在此。在纪律面前，谁都不能例外。你不能因为自己是个有功之臣，是个特殊人才，就让自己凌驾于纪律之上，破坏团队的统一性。谁触碰了纪律这根高压线，谁就要为之付出代价！

想当年，柳传志为了整顿纪律，规定每次开会迟到的人都要罚站。不料第一次被罚站的人竟然是他的老朋友、老领导，原计算所科技处的一个老处长，但纪律当前，谁也不能享有豁免权，柳传志最终还是硬着头皮让他罚站了。柳传志说："罚他站的时候，他站了一身汗，我在这儿坐着也一身汗，后来我跟他说'今天晚上我到你家去，给你站一分钟。今天，你非得在这儿站一分钟不可。'当时真的很尴尬，但是也就这么硬做下来了。"

领导以身作则，上下一律平等，这样的纪律执行得相当彻底，十多年来无一人例外。柳传志自己就被罚过三次，有一次还是因为意外地被困在电梯里面，但没办法，纪律摆在那儿，一样罚站。

联想发展到今天这样辉煌的程度，跟它严明的纪律有着莫大的关系。

其实，何止知名公司如此？运动团队、政治场合、学术圈子……做得好的都是那些纪律严明、不徇私舞弊的。雅典奥运会过后，著名跳水运动员田亮因为无视纪律，过多地参与娱乐活动，私自签约，且不听警告，终于被国家队除名。再如罗马俱乐部的明星球员卡萨诺因为恃才傲物，一而再、再而三地违反纪律、冒犯主教练和队友，对俱乐部也不够尊重，最终被开除出罗马俱乐部。

有人说这样的做法可能会像诸葛亮挥泪斩马谡一样，最终落得个蜀中无大将的下场。这话听上去好像很有道理，但却是饮鸩止渴的做法。一个团队如果允许有人因为职位高、能力强和功劳大而凌驾于纪律之上，那么纪律的威严便丧失了。"上梁不正下梁歪",上面的人都不遵守纪律,又怎么可能叫下面的人认真执行呢?只怕严厉处分了一两个人,还会惹来非议和对抗心理呢!事实上,聪明的管理层绝不会爱人才胜过爱制度,因小失大,导致个人威信的缺失、整体纪律的涣散。因此,聪明的员工还是不要拿纪律开玩笑比较好!

▶ 命令就是命令,没有任何借口

在美国的西点军校,新学员们被告知面对学长或军官问话时,永远只能有四种回答:

"报告长官,是。"

"报告长官,不是。"

"报告长官,没有任何借口。"

"报告长官,不知道。"

不论遇到什么情况,士兵永远不能为自己的失误寻找借口,错了就是错了,责任就是责任,谁也别想心存侥幸。或许有人觉得这样有些不近人情,但就是这种严酷的制度造就了一批又一批训练有素、能力杰出的士兵。他们中的很多人还成了商界奇才。

"没有任何借口",意味着你不仅要绝对服从上级的命令,而且要勇于承担后果。为了避免承担不利的后果,每个人只好竭尽所能、全力以赴,毕竟他没了"借口"这面挡箭牌。借口"看上去很美",但事实上害人不浅。它会让人懈怠,变得喜欢拖延,不敢承担责任,变成一个无能、懦弱、四面楚歌的人,到最后受害最深的还是自己。聪明的人则相反,他们善于把别人用来寻找借口的时间与精力花费在寻找方法上,努力地走向成功。

　　马丁是某公司的文员，他本应在上午 11 点之前完成一份重要的报表，以便让部门经理有足够的时间熟悉这份材料，并以此为依据在第二天的公司部门经理例会上发言。可是直到下午 3 点半，马丁才拿着报表敲响了经理办公室的门。"怎么搞的，马丁，上午 11 点的时候你就应该在这儿了，怎么现在才来？这样的效率怎么行？"经理满脸的不高兴。马丁两手一摊，一副无可奈何的表情："我也没办法，上午 11 点的时候资料部门的那帮人刚把处理好的数据交给我，都是他们的错。"不得已，经理只好争分夺秒地弥补时间上的损失，花了大半夜的时间熟悉材料，才使得第二天的会议没出什么大差错。马丁的一个借口不仅把自己的责任推得一干二净，还给别人带来了许多不必要的麻烦。这样的人办事不但不能让人省心，还让人不放心。没多久，喜欢找借口的马丁便被辞退了。

　　许多员工喜欢听从命令，像挤牙膏似的，挤一下才动一下，从而为最后寻找借口留下了机会。可这样的心态只会让你故步自封，让人觉得你胆小怕事、没有主见，而且永远不会将你列入升迁的人选范围内。别以为这么做就可以把自己的责任推得一干二净，因为你的就是你的，包括你的消极行为所带来的。事实上，一味消极被动、喜欢寻找借口的人除了做不好工作之外，还极可能得罪其他员工、部门。因为当你把责任这一包袱甩出去的时候，谁知道它会砸到谁的头上呢？

　　汤米是肖娜手下的一位小组负责人，他是位经验丰富的老员工，目前正在负责起草一个项目的具体执行计划。但是对于汤米的计划书，肖娜认为不合她的心意，并提出了一大堆修改意见。汤米据理力争，但肖娜拿出了上司的架势，汤米只得按照肖娜的指示做了改动，结果公司上层对这份计划书表示非常不满。面对上司的责问，肖娜只字不提自己的横加干涉，而是找了一个完美的借口："这是我的一位手下具体负责的，我并不太清楚。不过请您放心，我会让他重新制作一份的。"肖娜的借口的确达到了为自己开脱的目的，可是她恐怕永远也不能指望汤米在今后的工作中跟她通力合作了，谁叫她这么喜欢找借口呢？

在工作中，我们不应把过多的时间花费在寻找借口上。有了风险，大家都要勇于承担；碰到困难，大家都要想办法克服；出了问题，大家要同心协力，共同解决。总之，只有每个人都保持一颗敬业、诚实和勇于担当责任的心，团队才能产生强大的执行力，公司才能创造辉煌的业绩。不找借口，意味着担当，更意味着做大事、取得成功的心态。

一个被下属的"借口"搞得不胜其烦的经理在办公室里贴上了这样的标语："这里是'无借口区'。"

他还宣布，9月是"无借口月"，并告诉所有人："在本月，我们只解决问题，不找借口。"

这时，一个顾客打来电话抱怨该送的货迟到了，经理说："的确如此，货迟了。下次再也不会发生这样的事情了。"

随后，他安抚顾客，并承诺补偿。挂断电话后，他说自己本来准备向顾客解释迟到的原因，但想到9月是"无借口月"，也就没有找理由。

后来，这位顾客向公司总裁写了一封信，评价了在解决问题时他得到的出色服务。

他说：没有听到千篇一律的托词令他感到意外和新鲜，并称赞公司的"无借口运动"是一个伟大的运动。

这个例子告诉我们，借口其实是可以克服的，而最好的克服方式便是解决问题！作为企业的员工，我们要积极主动地抓住并创造机遇，而不应一遇到困难就逃避退缩。优秀的员工从来不制造任何借口，而是克己奉公，尽力满足客户的种种需求，认真对待上级交代的任务，善于审时度势，寻找时机与方法。一个人，只有远离借口，才有可能离成功更近。

最后，套用但丁的一句话：找自己的方法，让别人找借口去吧！

▶ 素质深处是自律

处处要服从，事事要做到，而且失败了还不许找借口，这样工作是不是太累了呢？

对于这个问题，许多退伍军人用他们生动的事例向我们作出了精彩的回答。

邱少云在抗美援朝的上甘岭战役中为了完成潜伏任务，严守纪律，以惊人的意志力忍受烈火烧身而纹丝不动，从而为任务的圆满完成立下了汗马功劳。他所在的连队以之为学习榜样，特别强调纪律问题。前不久，这个连队对复转官兵进行了一个专项调查，得出的结论是：守纪律的士兵到哪儿都吃香！

几十年来，邱少云生前所在连有数以千计的官兵复转到地方工作。他们中的许多人作出了不平凡的成绩，其中300多人被评为各级劳模，200多人当上了公司经理、厂长，200多人成为科以上干部，还有的出版了个人专著。他们大多谈到了一个感受：部队严明的纪律奠定了他们立身成才的基础。

"退伍军人思想正、作风好，有较强的组织纪律观念和管理能力，我们最欢迎！"这是不少私营企业家的心声。有一次，南方一公司老板到部队里来挑人，希望从快要退伍的军人中招一些工人和管理干部。连队就叫了20多个老兵过来参加面试。这些老兵虽然脱去了军装，可一样排着队，步调一致地来到了面试地点。这个公司老板见顿时眼前一亮，高兴地说道："脱了军装还能这么齐整，可见训练有素、素质过硬，这些人我全要了！"

严明的纪律对于那些懒散惯了的人来说，可能是种束缚、是种折磨，可一旦你慢慢地融入其中，变被动为主动，你就会发现，这其实是一次很好的锻炼机会。同样是拉练，有人当成是苦差事，有的人却当成免费的户外运动；同样是站岗放哨，有人觉得无聊至极，有的人却视之为考验意志力的事情；同样是执行任务，有人觉得听人使唤，有的人却视之为提高自己实践能力的机会……不同的心态，导致不同的结果。纪律可以是外来的约束，也可以是自我的约束。被人推着往前走的人虽然也是走，但终究不快乐，进步也不快。相反，如果你能把这些当成考验自己、提升自我的机会，那么你将没有束缚的不快，而充满了学习与战斗的激情。遵守纪律的最高境界是自律，而自律发展到极致便成了素质。老子说："夫不争，则天下莫能与之争。"同样的，如果一个人能够做到高度自律，那么又有什么纪律会让他觉得约束呢？那时候，你恐怕只会像孔子所说的，"从心所欲"，却"不逾矩"。

2003 年 5 月，王石作为公司老总第一个登上了喜马拉雅山山顶。据媒体透露，就是在这次登山中，由于登山队长不让王石登顶，王石向队长发了火。军人出身的他知道按照行规，在登山队，前方队长有绝对的权威。王石发火之后非常后悔，当场道歉。为缓和气氛和弥补自己的过失，第二天早晨，王石悄悄把队长脱下的臭袜子洗了。他这种自觉、自律的精神不仅得到了别人的谅解，也赢得了团队其他成员的尊重，从而为最终集体成功登顶打下了良好的基础。

享誉中外的王码电脑公司 9 位高层领导当中便有 7 位出身于军队，中层领导中也有相当数量的人是从部队上退下来的。他们保持和发扬我军光荣传统，奋勇拼搏，锐意进取，在新的岗位上作出了新的贡献。公司总裁王永民先生曾经这么评价退伍军人："有人说，拿枪杆的玩不了电脑，而我恰恰认为，高技术公司需要高素质的员工，而我们部队转业干部自有其难以比拟的优势。这优势集中表现在：一是受党教育多年，思想品质好，觉悟高，靠得住；二是能吃苦，有奉献精神，可以和公司同甘苦，共命运；三是有较强的组织纪律性和雷厉风行的作风，办事干练，效率高；四是有一定的组织管理能力。总的看来，部队下来的同志综合素质较高，穿过军装和没穿过军装的就是不一样。我常讲，公司员工言行举止代表着公司形象，这方面要多向部队同志学习，企业家应当具有军人的气质。我们公司成立短短几年能搞得今天这样红火，应该说是部队优良传统作风和高新技术的结晶。"

"部队有的同志担心，自己一没靠山，二不会拉关系，转业到地方能吃得开吗？吃得开吃不开，关键在于自己有没有真本事。在'王码'工作，不看门子多大、关系多硬，就看有没有真才实学。和我一起转业到'王码'的部队同志，凭借自身优势，再加上刻苦学习、掌握高技术知识和企业管理知识，很快在工作中打开了局面。我刚来'王码'时，在营业部打杂、扛箱子、抄材料，什么都干，后来由于在工作中表现突出，被任命为公司系统部部长兼下属北京科汇王码电脑公司经理。实践证明，只要有真才实学，到哪儿都用得上，素质优良的军人到哪儿都吃得开。我奉劝部队战友们，要抓住在军营的机会，全面提高自身素质，在干好本职工作的同时，多学一点科学文化知识特别是高科技知识，这样转业后何愁没有用武之地？"

没有规矩，不成方圆，高度的组织纪律是军队的特色，而高度的自觉、自律则是军人骨子里的性格，很多素质说到底也还是自律与否的问题。一个遵守纪律、服从命令的人其实也是珍惜机会、尊重自己的人——这应该成为每个成熟员工的心态。

第十三章

忠于企业，尽职尽责

▶ "我是一个兵"：忠诚是我的义务

我是一个兵，来自老百姓，

打败了日本侵略者，消灭了蒋匪军。

我是一个兵，爱国爱人民，

革命战争考验了我，立场更坚定。

咳！咳！咳！枪杆握得紧，眼睛看得清，

敌人胆敢侵犯，坚决把它消灭净！

坚决打他不留情，不留情！

以上是一首名为《我是一个兵》的歌曲的歌词。它同《团结就是力量》、《精武英雄》等歌曲共同构成了军旅生活的一部分，成为"咱当兵的人"永恒的回忆。"我是一个兵"，提醒人们的是军人的职责：来自老百姓，保卫老百姓，忠诚于人民的事业。哪怕你退伍了，你的职责、你的忠诚意识，却永不退伍。

对于军人来说，忠诚同艰苦奋斗、纪律严明一样，是不可或缺的基本素质。解放军之所以能够成为世界上最优秀、最伟大的军队之一，很大程度上是因为它重视士兵的忠诚教育。每个新兵入伍，都要接受一系列的思想政治教育课程，知道自己为何当兵、为谁而战。

忠诚不像聪明才智一样，带有天赋的成分，也不像反应迅速一样，具有攀比的色彩。它要求的只是本本分分、忠于职守，但却也是最难做到的事情之一。说它难，是因为它需要面对时间的长期考验，要面对艰难险阻的威胁，还要直面高薪升迁的诱惑。但一名优秀的军人就能做到这些，原因不是别的，只为"我是一个兵"！

爱人有了忠诚，爱情才会甜蜜；朋友有了忠诚，友情才能长久；员工有了忠诚，事业才能成功。这种感情应该是发自内心的、永恒的，经得起时间和困难考验的。忠诚不等于屈从，更不等于愚忠。这是一种出于共同的信仰、共同的理想和共同的行为方式而生发的情感，如忠于祖国、忠于人民……同样的，员工忠于公司、忠于老板也不是因为别的，而是出于你对公司宗旨的热爱，对公司价值的认同以及对自己事业的执著追求。"受人之托，忠人之事"，这是中华民族永不改变的美德传统！

明亮原来是一家公司的技术总监，干得非常出色，后来跳槽到另一家公司。几个月过去了，公司老板并没有按当初所说的，给他加薪升职。不得已，他找好朋友高飞帮他在老板面前美言几句。

高飞想既然老板已经允诺了，那就应该兑现，不兑现的话至少也应该说明理由。于是，高飞找了个机会跟老板谈起了这事。

"这个人我不敢重用。"老板如此说道。

"为什么呢？"

"你知道这个人是怎么来我们公司的吗？"老板反问道，"他原来在另一家公司工作，而那家公司是我们最大的竞争对手。有一天，他约我见面，说他掌握了公司的全部技术秘密，如果我肯高薪聘用他的话，他愿意将那些技术秘密奉献给我。我答应了他的条件，给他开了不低的工资，但再加薪升职一事，我可不敢兑现。"

"你的意思是说，如果重用他，他可能在掌握了公司的秘密之后，再出卖我们？"

"是啊，他是一个不够忠诚的人，一个卖主求荣的人！原来那家公司对他不错，可他却出卖了老板，害得人家一蹶不振。有了第一次，难免会有第二次。我如果重用他的话，下次受到伤害的人可能就是我啊！"

最后，老板说道："我非但不重用他，我还准备辞退他，但在没做好准备之前，我不能让他知道。谁知道他在没得到想要的东西之前会不会疯狂地搞破坏呢？"

在这里，我们并不想举出很多由于忠诚受益的故事来告诉你，忠诚对你来说有多少多少好处，能给你带来怎样的收入与职位。我只是想提醒你，忠诚首先是一种品质，然后才是利益。如果一个人不忠诚、无所不用其极，那么他哪怕通过各种龌龊手段得到了地位与金钱，一样不受人尊重，更不用说保持长久的富贵与显赫了。康德说得好："有两种东西，我们对它们的思考越是深沉和持久，它们所唤起的那种时时更新的、有增无减的对它们的赞叹和敬畏就会充溢我们的心灵。这两种东西便是头上的星空和内心的道德准则。"一个人之所以要忠诚，并非忠诚是取得荣华富贵的良方，而是因为它直接关系到我们的良心！

孔子说："富与贵，人之所欲也，不以其道得之，不处也。"人生在世，谁不想过得舒适一些、光鲜一些？可这些得通过正当途径得来才行。遗憾的是，现在有太多的人为了一时的享受与利益，在出卖别人的同时也出卖了自己的良心，真是悲哀极了！这样的人不但不能赢得人们的尊重，而且不能给人以信任感、安全感。大家只会对这种人敬而远之，让他成为孤家寡人！

在这个世界上，获得最大成功的人未必是最聪明的人，也未必是最幸运的人，但一定是最执著、最忠诚的人。有些东西是你永远得不到的，但有些品质却是每个人都可以拥有的。有了忠诚，你未必能够发大财、掌大权，但你一定会过得舒心、快乐！——人生在世，难道还有比这更重要、更有价值的东西吗？

▶▶ 无私奉献、报效祖国：奉献精神承载着责任和忠诚

当你选择了忠诚作为你的人生信条时，你便要开始承担相伴而来的责任与牺牲了。忠诚意味着不在困难面前后退，不在牺牲面前言悔。选择了当兵，便是选择了无私奉献、报效祖国。

张朝印，是某团的一名士官。因特殊任务的需要，团里有个军犬队，由他担任队长。就是这位普通的士兵在一个特殊的岗位上创造了辉煌——他任军犬队队长以来，军犬队荣立集体二等功 2 次、集体三等功 5 次；他个人先后 2 次荣立二等功、4 次荣立三等功，并被北京军区树为精神文明标兵。

有一年，张朝印的母亲心脏病突发，家里发来了三封加急电报。但当时驯犬工作正处于关键阶段，加上几只母犬正在下崽，一时离不了人。经过一番思想斗争之后，张朝印没有回去，而是给家里写了一封信。不久，他的母亲去世了，弥留之际还念叨着他的乳名。

半年后，张朝印探家时，父亲气愤地不让他进门，问他："难道你母亲的命还不如一群狗重要吗？"

年三十晚上，妻子和孩子在家包饺子，等着他回来一起吃。为了让战士们看联欢晚会，他和 4 名党员把夜间的巡逻哨全包下来，等他下哨时，已是凌晨 3 点多钟，妻子和孩子早已躺在沙发上睡着了……

后来，社会上兴起了养犬热，市场看好，有不少养犬单位找到他，开出了十分诱人的条件，但他始终不为所动。有个老板在北京市房山区建了一个大型养犬中心，要张朝印退役，帮他支撑台面，并许诺解决其爱人、孩子的户口问题，却被他一口回绝了。

有一次，中央电视台慕名前来采访张朝印的事迹。团领导介绍说："张朝印爱军犬，视军犬为第二生命；爱战士，关心战士的生活进步，他默默

无闻地工作，任劳任怨地奉献，是我们全团官兵学习的楷模。"

他的妻子张玉华面对镜头，哽咽地说："在他的心中，除了军犬队，还是军犬队……"张朝印则说："在特殊的岗位上就要奉献特殊的爱心，在家庭与事业的天平上，我知道哪一头轻哪一头重……"

也许，只有"奉献"二字才能概括张朝印的人生追求。后来，他因公殉职，经上一级政治机关批准，享受覆盖党旗的光荣待遇。

一个张朝印走了，千千万万个张朝印却还在工作岗位上默默奉献着——这就是军人的风采！他们或者守卫在寒冷的边疆，或者巡逻于浩瀚的南海，或者穿行在茫茫的山林，或者守护在喧嚣的关卡。但有一点是不变的，为了祖国和人民，他们献出了自己的青春，挥洒着自己的汗水与热血。在这奉献精神的背后，我们看到的显然是一颗勇于担当与忠诚敬业的心！

日本有一项国家级的奖项，叫"终身成就奖"。其中有一届颁给了一个"小人物"——清水龟之助。

他原来是一名橡胶工人，后来转行做了邮差。在最初的日子里，他没有尝到多少工作的乐趣和甜头，于是在做满了一年以后，便心生厌倦和退意。这天，他看到自己的自行车信袋里只剩下一封信还没有送出去时，他便想：我把这最后的一封信送完，就马上去递交辞呈。

然而这封信由于被雨水打湿而地址模糊不清，清水花费了好几个小时的时间，还是没有把信送到收信人的手中。由于这将是他送出的最后一封信，所以清水发誓无论如何也要把这封信送到收信人的手中。他耐心地穿越大街小巷，东打听西询问，好不容易才在黄昏的时候把信送到了目的地。原来这是一封录取通知书，被录取的年轻人已经焦急地等待了好多天，当他拿到通知书的那一刻，激动地和父母拥抱在了一起。

看到这感人的一幕，清水深深地体会到了邮差这份工作的意义所在，"因为即使是简单的几行字，也可能给收信人带来莫大的安慰和喜悦。这是多么有意义的一份工作啊！我怎么能够辞职呢？"

　　在这以后，清水更多地体会了工作的意义，他不再觉得乏味与厌倦，他一干就是25年，从30岁当邮差到55岁，清水创下了25年全勤的空前纪录。他在得到人们普遍的尊重的同时，也于1963年得到了日本天皇的召见和嘉奖。

　　如今，像清水龟之助这样忠诚于自己事业的人越来越少了，快乐的人也因此变得稀罕起来了，因为那些盲目地追求着金钱与地位的人始终不明白"幸福"的含义是什么。只有忠诚于自己工作的人，才能从中寻找到人生的意义与生活的真谛。

　　现代社会的竞争越来越激烈，人与人之间的较量已不再是简单的文凭或能力对比，而延伸到了品德方面的比拼。很多公司在招聘的时候，都特别看中员工是否能吃苦、是否够忠诚这一点。只有那些愿意为公司牺牲、奉献的人，才是老板最放心、最喜爱的人。忠诚对于公司来说，意味着内部的风险降到了最低，责任意识则上升到最高。一个讲忠诚的员工何愁找不到工作，何愁不能得到重用？而一个拥有大量忠诚员工的公司又何愁没有强大的执行力与竞争力呢？

▶ 不为薪水所累，不为职位所惑

　　有些人刚开始上班，或者刚到一家新公司，所干的工作并不是很重要，拿的薪水也不高，心里便有些不乐意了。两三个月之后，他甚至会心生不满，觉得公司一点都不重视自己，怎么过了这么久还不重用自己？心里这么一想，对工作的热情也就降了下来，做起事来也不那么用心了，甚至开始马虎应付起来，最后落个害人害己。

　　一名员工既然选择了到一家公司工作，遇到薪水或职位的低谷总是难免的，你不能因为一时的失意而丧失对工作的热情、对公司的忠诚。毕竟，事业是长久的，薪水和职位都是一时的。说得更俗一点就是，老板是看你干了什么才决定给你多少工资的，而不是你看老板给了你多少工资才决定干什么的。一个人只有先作出成绩来，证明自己的能力与贡献，才有资格谈回报。

　　珍妮是一家公司新来的秘书，她每天的工作是整理、撰写、打印各类文件材料。在很多人看来，珍妮的工作显得单调而乏味。但珍妮并不这么认为，她觉得自己的工作很有意思，她说："检验工作的唯一标准是你做得好不好，是否已经尽职尽责，而不是别的。"

　　珍妮每天做着这些工作，久而久之，细心的她发现公司的文件存在很多问题，甚至公司在经营运作上也有不可忽视的问题。于是，她每天除了完成必做的工作外，她还认真搜集一些资料，包括那些过期的材料。她把搜集到的资料整理分类，查询了很多经营方面的书籍并进行认真分析，写出建议。

　　后来，她把做好的分析结果及有关资料一并交给老板。老板起初也没在意，一次偶然的机会，他才读到珍妮的那份建议。这让老板非常吃惊：这个年轻的秘书，居然有这样缜密的思维，而且分析得细致入微、有理有据。老板决定采纳珍妮所提的多条建议。

　　从此，老板开始对这位秘书另眼相看，并委以重任。但珍妮还是认为，她只是尽心尽职地做好工作，天经地义，没有必要一定要得到奖赏，因为她已经养成了敬业的习惯。老板为有珍妮这样的员工而感到欣慰，而珍妮的敬业也为她赢得了机会。

　　对待敬业，目光短浅的人看到的是为了老板，目光长远的人则深知是为了自己。

　　某团有一个汽车连，每年老兵退伍的时候，都会有很多企业的老板来部队争抢退伍兵，有的甚至将全连一年的退伍兵全部包下。为什么老板们如此青睐退伍兵，答案很简单：首先部队里培养的司机技术过硬，专业素质好。其次退伍兵比较忠诚，人品靠得住。

王杰就是这个团里一位普通的驾驶兵，退伍后不甘心回到老家种地，便带着退伍费到深圳闯荡。他跑了很多家公司和单位毛遂自荐，可是人家对他都不多看一眼就被告知"本部满员"。他最后找到一家房地产公司时，老总问他有何特长，他递上车辆驾驶执照和退伍证，老总正好缺一名司机，便留下他，条件是试用一周，周薪400元。王杰却说："先不要钱，只管吃住便可。"第二天他就开上了老总的宝马轿车，他驾车该快则快，该慢则慢，非常稳重，老总感到无比安全，日渐满意。

到公司不久，一件事让老总对王杰刮目相看。那天，他和老总从银行取出一笔巨款后，正在酒店进餐，一伙歹徒径自追杀进来，举刀就砍。说时迟，那时快，王杰左手把吓得魂飞魄散的老总按在桌下，右手抓住歹徒的手来个赤手夺刀，飞起一脚就把迎面进攻的歹徒踢出几丈远，吓得歹徒们抱头鼠窜。回到公司后老总立即把他的月薪上调到4000元，这对于只有一张中专文凭的他来说可谓是十分难得了。

后来，由于客户回款出现了一些问题，公司经营陷入困境，很多核心员工和主管都纷纷离去。在公司最艰难的时候，唯独王杰一直陪在老总身边没有离开。一年后，老总东山再起，重创辉煌。王杰被任命为副总经理兼办公室主任。在一次全体员工会议上，这位老总向大家提到了王杰对公司的贡献，并且语重心长地说："他对企业忠诚、对老板忠诚，这是最难得的人才，打着灯笼也找不到，他现在就是想走我也不会放他走的！"

很多人在一个岗位上工作久了，便会觉得自己的工作不过如此，没多大意义，心生懈怠之情。这实在是一种错误的想法。如果说公司是一台机器的话，那么每个员工都是这台机器上的一颗螺丝钉，缺了谁都不行。上至给老板收发文件的，下至看守仓库的，大家都在为公司的利益与安全共同努力着。缺了哪一个环节，其他环节都会受到影响。

一位年轻的修女进入修道院以后一直在从事织挂毯这项工作。做了几个星期之后，有一天她想离开了。"我再也做不下去了！"她说道，"给我的指示简直不知所云，我一直在用鲜黄色的丝线编织，却突然又要我打结，又要把线剪断，完全没有道理，真是浪费时间。"

在一旁织毯的老修女说："孩子，你的工作并没有浪费时间，其实你织出的很小一部分是非常重要的一部分。"

老修女带她走到在工作室里摊开的挂毯面前，年轻的修女看呆了。原来她编织的是一幅美丽的《三王来朝》图，黄线织出的那一部分是圣婴头上的光环。

在工作中，只有看到自己进行的工作存在的价值，你才能真正感受到自己所进行的工作的真正意义。永远不要轻视自己的工作，要知道，你所从事的工作看似平常，实际上对整个公司来说都非常关键。每个人都要对自己的工作保持一份忠诚的心。比尔·盖茨说："工作本身没有贵贱之分，对待工作的态度却有高低之别。"如果一个人能够忠于职守，做好自己每一天的工作，那么，他的前途自是不可限量的。

▶ 军队里的"折腾"与联想的"折腾"

部队里十分重视干部的培养，喜欢提拔那些能够带兵打仗的人。许多人在当干部之前，都接受过各种各样的学习与训练：新兵训练、士官训练、上指挥学院培训……总之就是把你"折腾"来"折腾"去。通过这种阶梯式的不断"折腾"，许多人慢慢地成长起来，从一个稚气未脱的娃娃兵变成了一个英勇善战、能够指挥千军万马的高级将领。干部的成长本身便是一个不断"折腾"、不断磨砺的过程。

对于公司来说也是如此，老板要培养一名干部，肯定要让他先到基层去了解底下的情况，再到各个部门去熟悉公司所有工作有流程，顺便考察一下他对公司的忠诚度，最后才决定予以重任。有些人不明白这一点，以为自己得罪了人，或是老板有意给自己穿小鞋，吃不了苦，受不了"折腾"，不专心工作，甚至直接卷铺盖走人了，令人不禁为之扼腕长叹！

许多企业的老板都羡慕联想的柳传志，说他有两个好的接班人：杨元庆和郭为。可谁又能想到，柳传志为了培养这两名接班人，把他们"折腾"成什么样子了！

在联想，杨元庆和郭为可谓被老板"折腾"的典型代表。据说，他俩是一年一个新岗位，"折腾"了十几年，换了无数个岗位，把公司的每个部门、每个流程都熟悉透了，这才成了联想的"全才"。可喜的是，他们都经受住了考验，出色地完成了任务，同时交了一份关于忠诚的满分卷子！柳传志也因此有了一个心得："'折腾'是检验人才的唯一标准！"

"折腾"员工其实是对员工的一种培训，能够被老板"折腾"又何尝不是员工的一种幸运呢？老板愿意"折腾"你，有"折腾"你的计划，说明你已经被老板看中了，可能成为重点培养的对象。你不但不应记恨，反而应该利用这绝好的机会，在新的岗位上尽快进入工作状态，熟悉工作内容和流程，经受住老板对你的考核。

一位人力资源主管在对新员工进行培训时，说了这么一段发人深省的话：

"'压力为什么会降临到我们身上？'很多人都问过自己这样的问题，但并不是所有问过这个问题的人都能得到确定的答案。也许我在这里为这个问题提供的答案算不上完美，甚至谈不上完整，但这个答案至少不会使一些人沉睡的心灵继续沉睡。

"压力为什么降临到我们身上？因为上天并没有放弃我们，因为我们具有发展的潜力，因为所有成长的机会都蕴藏在压力之中。挑战与机遇总是并存的，压力与希望总会相伴而行，只要我们还有机会，还有希望，挑战和压力就会来临。压力不会降临到万念俱灰、不思进取的人身上，因为他们不会感到压力的存在；压力也不会为难了无生机、走向穷途末路的公司，因为对它们施压已经没有任何意义了。

"我们为什么不能逃避压力？因为我们不能放弃自己，不能放弃每一个发展自我的机会，我们需要从压力中获得前进的动力。"

这位人力资源主管所说的一段话与柳传志那句"'折腾'是检验人才的唯一标准"有异曲同工之妙。上级领导因为看重员工的潜力才对之不断施加压力，希望他能够在压力下快速成长。而员工也应当明白上司的苦心，化压力为动力，把危机感当成个人成长的信号。

查理到某大公司应聘部门经理，老板提出要有一个考察期。但没想到，他上班后被安排到基层商店去站柜台，做销售代表的工作。一开始，查理无法接受，但还是耐着性子坚持了三个月。后来，他认识到，自己对这个行业并不精通，对这个公司也不十分了解。的确需要从基层工作做起，才可能全面了解公司、熟悉业务，何况自己拿的还是部门经理的工资呢。

虽然实际情况与自己最初的预期有很大的差距，但是查理懂得这是老板对自己的考验。他坚持下来了，三个月后，他全面承担起部门经理的职责，并且充分利用三个月的基层工作经验，带领团队取得了良好的业绩。半年后，公司经理调走了，他得以提升；一年以后，公司总裁另有任命，他被提升为总裁。在谈起往事时，他颇有感慨地说："当时在基层工作，心中有很多怨言，但是我知道老板是在考验我的忠诚度，于是坚持了下来，最终赢得了老板的信任。"

在企业中，当你发现一些人宛如"黑马"杀出，从一个很平凡的岗位突然提升到很重要的岗位。这时，你千万不要感到震惊。你不妨静下心来想一想：他在那个看似平凡的岗位上做了些什么？老板是不是经常把他放到基层去"折腾"？如果是的话，那么这种突然的提升便不是什么奇怪的事了。关键是你不要老盯着别人看，而要多想想你跟他的差距在哪里？你是否也面临过类似的机遇呢？如果下一次你也有机会被"折腾"，你又该怎么做呢？甚至可以这么说，你现在所做的工作是否也是一种"折腾"呢？

　　只有把每一次工作机会都当成一次考验的机会，投入十分的热情，拥有绝对的忠诚，你才可能把每一份工作做好，从而得到别人的赏识。俗话说得好："机会只青睐有准备的人。"对于随时为这个"折腾"做好准备的人来说，老板又何尝不想给他一个机会呢？

第十四章

作风优良，关键在于落实

▶ 浇灌成功的是汗水：赢在勤奋

高执行力、强战斗力要从哪里来？军人用他们的辛勤汗水告诉了我们答案。

1946 年夏，国民党第五十四军从青岛登陆，进攻山东解放区。时任山东军区警备四旅八团射击队排长的魏来国，率全排在南泉车站东边的蓝格庄顽强地阻击敌人。他的枪法非常准，战斗结束一统计，魏来国共发射 135 发子弹，打倒了 110 个敌人。1947 年 4 月，已经成为七十七团四连连长的魏来国，奉命在蒙阴白马关阻击敌人。魏来国指挥全连凭借险要地形，像一颗颗钉子钉在阵地上，寻机准确地打击敌人。这次战斗，魏来国的连共打退敌人 7 次冲锋，打死、打伤敌人 500 多名，其中魏来国一人打死、打伤敌人 92 名。

喜讯传到山东军区司令部，许世友司令员十分兴奋，他号召全区开展向魏来国、向四连学习的活动。华东野战军司令员陈毅知道后高兴地说："魏来国的事迹告诉我们，只要我们的战士有高度的觉悟、精湛的技术，我们的劣势装备就一定能战胜国民党的优势装备，最终取得胜利。"后来，陈毅司令员向毛主席汇报华东野战军的工作时讲到了魏来国在蓝格庄阻击战中，135 发子弹打倒 110 个敌人的事迹。毛主席笑道："一个人就消灭了敌人一个连，了不起，了不起啊！全军官兵都像魏来国这样，解放战争的时间将大大地缩短。"

和魏来国类似的，还有朝鲜战场上的神枪手张桃芳。这个当时年仅22岁的年轻战士，在上甘岭阻击战中，用442发子弹，歼敌214名，创造了朝鲜前线我军冷枪杀敌的最高纪录，同时也是现代战争史上阻击敌人的最高纪录。

一把很普通的枪到了他们手里，为什么会变得这么神奇、这么威力无穷，令人闻风丧胆？答案很简单：汗水里有真功夫！

中国解放军的仪仗队是世界上最好的仪仗队之一。它能够为人们所赞誉，为外国朋友所尊敬就是因为它的精神，靠队员们"武艺练不精不算合格兵"的认真劲。在中华人民共和国建国50周年阅兵仪式上，首先通过天安门广场的是徒步方队，他们以1022步、8分30秒的步伐和速度，准确地从调集线到达疏散线，其中，从敬礼线到礼毕线96米、128步、1分零6秒，与军乐团的阅兵曲配合得天衣无缝，令人叹为观止。

仪仗大队里有两句口号："台上一分荣誉，台下一吨汗水。""台上正步100米，台下苦拔1万里。"这两句口号一点都不夸张，据仪仗大队的有关人员介绍，新兵入伍两年，仅踢正步就得走一两万公里，每人每年要在操场上磨破七双训练皮鞋。哪怕是在平时去食堂吃饭，他们也要严格按照条令进行，两人一行，三人一列，勤奋训练，养成了许多良好的行为习惯。正是有了这些辛勤汗水的浇灌，他们才会作出如此出色的表演。据了解，三军仪仗队的官兵退伍之后，许多企业都争着聘用，不为别的，就因为他们身上具有一种其他青年所不具备的吃苦精神。

在公司里也是如此，许多人能够当上部门主管，能够拿丰厚的月薪，并不仅仅是因为他毕业于名牌大学，懂得高新技术或者跟老板关系不错。在他们成功的背后，一样有无数辛勤的汗水，只是不为外人所知罢了。很多出色的员工并不是简单地接受命令、被动地完成任务，而是主动地找事做，在完成任务的过程中更加细致、更加勤奋，多记些别人不留意的东西，多学些别人不在乎的本事。日积月累，能力渐长，自然会有惊人的成绩，让人刮目相看。《蓝色企业》一书的作者宣兴章先生在拜访一位企业家的时候就惊奇地发现，这位企业家的秘书打电话时从来不用电话簿。当宣先生问她原因的时候，她的回答更加让人惊讶，她竟然记得200多人的各种联系方式！原来，这位企业家有个要求，当他需要找到某个人的时候，必须立即找到他。为了满足老板的这个要求，秘书只好更加辛苦、更加勤奋，把这些联系方式牢牢地记在脑海之中，以备不时之需。或许有人觉得这个方法太老土，也太辛苦了，但也正是这种勤奋的精神让她出色地完成了秘书的工作。

卡莱尔说："天才就是永无止境刻苦勤奋的能力。"天才数学家华罗庚也有句类似的名言："聪明出于勤奋，天才在于积累。"在我们惊叹别人有着辉煌的成绩、惊人的能力时，其实我们可能忽略了一个重要的事实，那就是他们付出的辛劳比我们多，他们流出的汗水比我们多。很多人说鲁迅是天才，可是鲁迅自己说：哪里有天才！我是把别人喝咖啡的工夫都用在工作上了。有着杰出成就的员工、企业家难道不也是这样成功的吗？

纽约首屈一指的毛织物批发商达勒·柯姆，有一年雇用了一名杂役，是一位叫乔瑟夫的少年，每天早晨六点钟要到富兰克林街的办公室，在七点半办事员来之前，把办公室打扫、整理好。

除此之外，白天一整天，他都要为一名罹患慢性胃病的董事来回不断地送热水。

当周薪被调整到5美元的时候，他断然申请到外面去推销毛织物，尽管他年轻而且身体又弱小，但他还是决定为自己争取一次尝试的机会。

有一天，大风雪突袭全纽约，就在这场大灾难刚过不久，一般推销员在中午，纷纷赶回富兰克林街的办公室，无不争先恐后靠到火炉旁，尽兴地聊天。

到了下午，已经冻僵了的乔瑟夫，像醉汉似的摇晃着走进了办公室。

"原来是董事先生上班了。"资深的推销员讽刺地说。

"不过，我把今天应做的工作全做了。"乔瑟夫回答说，"像这样的大风雪，我更加勤奋，而且这样的日子，不会有竞争对手，所以给客人们看了更多的样本，今天获得了 43 件订货。"

于是，他立即被升为正式的推销员，薪水也增加了。

乔瑟夫用自己的业绩证明了自己对企业的忠诚，自然获得了老板的重用，更加接近了自己的理想。大家仔细想想，看是不是这么回事？那些业绩突出的同事未必比自己聪明，但他们比别人更主动一些，更有心一点，也更勤奋一些。甚至在你感慨怀才不遇或怨天尤人的时候，他都还在默默地工作、辛勤地付出。最后希望大家牢记俄国著名作家屠格涅夫的一句话："你想成为幸福的人吗？但愿你首先学会吃得起苦！"

▶ 磨刀不误砍柴工：赢在方法

若是要说吃苦耐劳、不怕牺牲，红军在早期并不见得比任何一支队伍差，但在一段时期却经常吃败仗，越打越艰难。这是为什么？路线出了问题，方法出了问题！

在革命初期，一些领导人照搬外国模式，食古不化，跟敌人硬拼硬打，结果吃了不少亏。井冈山的后几次反"围剿"斗争的失败便是明证。后来，毛泽东把马克思列宁主义的普遍真理同中国革命的具体实践结合了起来，提出了"农村包围城市"的革命道路理论，实施正确的路线、方针和政策，终于把中国革命引向了正确的方向，取得了一个又一个胜利。

我军领导人善于从错误中吸取教训、寻找正确的革命方法与道路，底层的士兵也是如此。在抗日战争时期，八路军战士扮成出殡队伍，吸引日军士兵看热闹，然后突然冲入据点，消灭据点的所有日军。这种土办法是任何军事院校都教不出来的，只有扎根于人民的军队的脑袋才能想出这样的怪主意，但却很有效。因为八路军的重火力不足，即使是简单的炮楼都难以摧毁，真要强攻硬打，那需要流很多血。

像这样懂得如何出色地、有创造性地完成任务的解放军士兵太多了，人民解放军三级人民英雄金君正就是一个。

1949 年 3 月 3 日，华东野战军先遣纵队授予时任华东野战军先遣纵队一支队二连见习医务员的他"三级人民英雄"荣誉称号。金君正担任卫生员时，在火线抢救伤员不怕苦、不怕死，完成任务出色。1947 年 5 月在孟良崮战役中，他肩挑四五十斤的药箱，夜间在崎岖的山路上随部队急行军四五十里，奔袭包围敌人。三天恶战中，他冒着枪林弹雨，连续抢救伤员，出色地完成了任务。有一次部队转移，他负责阻击排的伤员抢救工作，当时他腿部中弹负伤，仍坚持背着伤员前行。还有一次，他和另一个同志负责护送 66 个在战斗中负伤的伤员去卫校，当赶到目的地时，卫校已转移至黄河以北，此时敌军就在附近，情况十分危急，为保护伤员的安全，他们白天隐蔽医治、护理伤员，晚上坚持赶路，巧妙地与敌周旋，吃尽了苦头，直至将伤员全部安全送达卫校。

咱们中国有句老话叫"磨刀不误砍柴工"，说的便是这个道理。把刀磨好了，找对方法了，那么办起事来便省心省力得多，还事半功倍。在公司里工作也是一样，既要吃得了苦、受得了累，还要懂得方法、勤于思考，善于从普普通通的工作当中寻找到更好的方法，提高效率、提升业绩，甚至在关键时刻帮公司一把。

彼得和查理一同进入一家快餐店当服务员，他们的年龄相同，也拿同样的工资。可是工作不久，彼得就获得了老板的褒奖，很快就加薪了。而查理的工资却保持不变。为了消除查理和周围人的牢骚与疑惑，老板让他们站在一旁，观看彼得是如何为顾客提供服务的。

在冷饮柜台前。顾客走过来要一杯麦乳混合饮料，彼得微笑着对顾客说："先生，您愿意在饮料中加入1个鸡蛋还是2个鸡蛋？"顾客说："哦，一个就行。"在麦乳饮料中加鸡蛋是要额外收钱的，这样快餐店不仅多卖出了鸡蛋，而且增加了收入。

看完彼得提供的服务后，经理说："据我观察，我们很多服务员是这样提问的：'先生，你愿意在饮料中加1个鸡蛋吗？'而顾客通常回答说：'哦，不用，谢谢。'对于一个能够在工作中主动发现问题、解决问题的员工，我没有理由不给他加薪。"

聪明的员工就应该像彼得一样，同样是在为顾客服务，却善于思考，寻找出更好的工作方式，既满足了顾客的需求，又为公司创造了良好的业绩。这类事情在生活中实在是太多了，就看你注意观察了没有。

比如说同样是在公交车上卖票，有的售票员会喊："还有谁没买票？"有的则会改个方式，站在乘客的角度上想问题，说："还有谁没买着票？"虽然仅仅是一个"着"字的区别，却把主要的责任转移到了自己身上，使还没买票的乘客免去了不必要的尴尬，其效果自然要比前者好很多。

再比如书店里的伙计在书店要打烊的时候，有的会这么驱赶顾客："好啦，好啦，我们要关门了，不买书的赶紧回去吧！"话虽没错，却对顾客不够尊重，容易引起别人的反感，处理不好的话这家书店恐怕真要"关门"了。聪明的伙计则会换个方式提醒道："不好意思，我们要休息了，您要买书的话请明天再来吧。"这些顾客尽管现在不买书，但听到这话至少心里暖洋洋的，觉得下次还想来，并或多或少地购买一些。同样是卖票，同样是清场，不同的人采用不同的方式，就会有完全不一样的效果。可见，方法对于工作的重要性有多大。

约翰尼是一家连锁超市的普通收银员，他利用自己业余时间所学的计算机知识，编写了一个程序，然后他把自己寻找的"每日一得"都输入计算机，再打上好多份，并在每一份的背面都签上自己的名字。第二天他给顾客打包时，就把那些写着温馨有趣或发人深省的"每日一得"纸条打到买主的购物包上。

一个月后，连锁店里发生了一种奇怪的现象：无论什么时候，约翰尼的结账台前排队的人总比其他结账台多好几倍。值班经理很不解，就大声对顾客说："大家多排几队，请不要都挤在一个地方。"可是没有人听他的话，顾客们说："我们都排约翰尼的队，因为我们想要他的'每日一得'。"

这样，在约翰尼的感召下，连锁店里的员工们也改变了以前的工作态度。其中一个史努比的发烧友，还买了两万张史努比的不干胶画，贴到一个个从他手中卖出的货物上，大家都感到自己的工作有趣极了。

勤于思考的员工就是如此，通过自己的小技巧，吸取了更多的顾客，为公司创造了良好的声誉与业绩。像海尔的"云艳镜子"、"齐明焊枪"，看似出人意料，但其实就是员工注重从工作中学习，寻找改进方法的表现。达尔文说："最有价值的知识是关于方法的知识。"在竞争日益激烈的今天，谁掌握了方法，谁就能事半功倍，谁就能取得成功。不知你掌握了这种知识没有？

▶ 世界上最怕"认真"二字：赢在细节

近几年，有关细节的励志书渐渐多了起来，像"细节决定成败"一类的理念也已深入人心。这是个好现象，但又可能是个不好的苗头。说它好，是至少从表面上来看，大家逐渐认可了细节的重要性；说不好，是因为很多人可能只是承认它的重要性，但并不转化为实际行动——这类现象在现实生活中并不罕见。

细节到底有多重要？它可能是太平洋彼岸一只蝴蝶扇了一下翅膀，却引起连锁反应，导致太平洋此岸的一场飓风。它也可能只是无关紧要的一件小事，重复上千百遍都没什么用处。有的人在乎，有的人漠视，但差别却也于此体现。海尔的张瑞敏说："把每一件简单的事做好就是不简单，把每一件平凡的事做好就是不平凡。"这话一点不假，一滴水能够折射出太阳的光辉，一个细节也能够反映一个人的品质，决定一件事情的成败。

从前有两个国家发生战争，战胜者将统治战败者。很快，一场决定性的战斗来临了。战斗进行的当天早上，一国的国王派了一个马夫去准备自己最喜欢的战马。

"快点给它钉掌，"马夫对铁匠说，"国王希望骑着它打头阵。"

"你得等等，"铁匠回答，"我前几天给国王全军的马都钉了掌，现在我得找点儿铁片来。"

"我等不及了。"马夫不耐烦地叫道，"国王的敌人正在推进，我们必须在战场上迎击敌兵，有什么你就用什么吧。"

铁匠埋头干活，从一根铁条上弄下四个马掌，把它们砸平、整形，固定在马蹄上，然后开始钉钉子。钉了三个掌后，他发现没有钉子来钉第四个掌了。

"我需要一两个钉子，"他说，"还需要一点时间砸出两个。"

"我告诉过你我等不及了，"马夫急切地说，"我听见军号声，你能不能凑合一下？"

铁匠说："我能把马掌钉上，但是不能像其他几个那么牢实。"

"能不能挂住？"马夫问。

"应该能，"铁匠回答，"但我没把握。"

"好吧，就这样，"马夫叫道，"快点，要不然国王会怪罪到咱们俩头上的。"

两军交锋了，国王冲锋陷阵，鞭策士兵迎战敌人。"冲啊，冲啊！"他喊着，率领部队冲向敌阵。远远的，他看见战场另一头几个自己的士兵退却了。如果别人看见他们这样，也会后退的，所以他策马扬鞭冲向那个缺口，召唤士兵掉头战斗。他还没走到一半，一只马掌掉了，战马跌翻在地，他也被掀在地上。国王还没有再抓住缰绳，惊恐的战马就跳起来逃走了。他环顾四周，他的士兵们纷纷转身撤退，敌军包围了上来。他在空中挥舞宝剑，"马！"他喊道，"一匹马，我的国家倾覆就因为这一匹马。"他没有马骑了，他的军队已经分崩离析，士兵们自顾不暇。不一会儿，敌人俘获了国王，战斗结束了。从那时起，人们就说："少了一个铁钉，丢了一只马掌；少了一只马掌，丢了一匹战马；少了一匹战马，败了一场战役；败了一场战役，失了一个国家。"所有的损失都是因为少了一个马掌钉。

在战场上，生命只有一次，机会只有一次，所以绝对不能出错，甚至一个十分微小的错误都可能导致整个战役的失败。在这方面，解放军堪称全球军队学习的模范，因为他们是一支最重视细节的军队。就拿人们所熟知的《内务条令》来说吧，其中关于细节的规定就密密麻麻，极尽严苛。有人说，解放军的被子是世界上叠得最整齐的被子，他们的"豆腐块"让世界各国的军人都叹为观止。这话一点都不夸张。部队里不仅是被子，就连牙刷、牙膏、水杯等都被排放在统一的高度和统一的角度，保持在一条线上，甚至士兵们日常生活的一举一动都有着详细的规定，具体说来有这么几个方面：

练三相：坐、行、站；

振三声：口令声、呼号声、掌声；

纠三手：背手、袖手、插手；

去三长：长头发、长胡须、长指甲；

紧三带：鞋带、腰带、领带；

扣三扣：领扣、衣扣、裤扣；

行三礼：举手礼、注目礼、举枪礼。

经历过如此严格训练的部队在做起任何事情来都会一丝不苟、精益求精。毛泽东说："世界上最怕'认真'二字，共产党就最讲'认真'。"这话用在军队身上也极其合适。一个在细节上认真的员工才是敬业的员工，也才可能是优秀的员工。细节看似不起眼，但在关键时刻总能及时跳出来"大显神威"。它可能像一粒灰尘，连肉眼都难以察觉，但一旦落进你的眼睛里，却会叫你难受得想哭！它也可能像某些微生物，需要用显微镜去观测，却是生命所不可或缺的。优秀的员工因此不敢掉以轻心、重视细节、一如重视自身的名誉。

法国银行大王恰科年轻时，曾经有很长一段时间找不到工作。他到处求职却总被拒绝。当他第52次被一家银行老板拒绝之后走出门外时，于不经意间发现地上有根大头针。他想，如果这大头针被别人不小心踩上受了伤就不好了。于是，他弯腰把它拾了起来。没想到，他的这个举动正好被刚刚将他拒之门外的银行老板看见了。老板认为，如此细心负责的人，很适合做银行工作。就这样，他被录用了。

这种于细微处见精神的行为，没有尽职尽责的习惯是不可想象的，很多公司领导都十分看重这点。正是这种于细微处体现出来的责任感，帮助恰科走向了成功。

任何人参观海尔的生产厂房时，都会感受到海尔追求卓越的作风。一个最好的体现是生产现场的管理。这个企业的现场管理水平之高令人叫绝。厂区内每一块玻璃都擦得干干净净，地板亮得像面镜子，机器设备无一丝灰尘；人们着一色淡蓝服，在岗位上聚精会神地工作，见面时轻声示意，车间里只听见机器的响动声，产品一台接一台地上上下下，不闻任何喧哗、躁动。日本一家公司准备在中国内地投资，在考察了60多个工厂后，拍板与海尔合作。事后，日本这家公司的老板说了一个极简单的原因：他在参观海尔公司时，趁人不注意摸了一下备用的模具，竟未见一丝灰尘，就凭这一点，日本老板决定与海尔签合同。

同样是海尔，在服务顾客方面也做到无微不至、体贴入微。1995年，在青岛有一位老太太，在天气最热的时候购买了一台空调，雇了一辆出租车把空调运回家。不料，出租车到了楼下等老太太上楼叫人的时候，司机偷偷地把空调拉走了。张瑞敏知道后，觉得这件事情与海尔有关系。如果海尔的服务做得更细致一些，能够送货上门、安装到位的话，这样的事情就不会发生了。于是张瑞敏自己拿出 500 元钱，每一层的管理人员都拿出一部分钱，最后企业又补贴一部分钱为老太太买了一台空调，给她送了过去。不久，海尔的售后服务也迅速地完善起来。正是靠着这种细致入微的服务，海尔的牌子越来越响。

在这世界上，细节到底会不会决定成败？这话实在不好说。如果你是一个安于现状的人，如果你是一个只做小事的人，那么细节对于你来说，还真的可能一点影响都没有。江南春在《说说我的偶像》一书中说道："最终你相信什么就能成为什么。因为世界上最可怕的两个词，一个叫执著，一个叫认真，认真的人改变自己，执著的人改变命运。"如果你是一个有抱负的员工，那么你就不得不慎重考虑这个问题。毕竟，那些想做大事的人都要使自己成为一个认真且执著的人。

▶ 标准化作业，行动不打折扣：赢在严格

昔日的"女侠"、今日的维亚康姆（中国）总裁李亦非说过这么一句话："如果你在小事上苟且，那么你在大事上、你在一生中一定也是一个苟且的人。"我们要注重细节，要从小事做起，可要做到什么样的地步呢？

还是让我们回到军队当中，从解放军那里寻找答案吧。

众所周知，解放军是纪律最为严明、行动最为迅速的团队。他们重视细节、服从命令，就从标准化作业开始。"每分钟 116 步，每步 75 公分"，这是对军人齐步走的步频和步幅的规定；向首长或领导汇报完要喊"报告完毕"，这是对军人汇报形式的规定；"上体正直，右手取捷径迅速抬起，

五指并拢，自然伸直，中指微接帽檐右角前约2厘米处（戴无檐帽或者不戴军帽时微接太阳穴，与眉同高），手心向下，微向外张（约20度），手腕不得弯曲，右大臂略平，与两肩略成一线，同时注视受礼者"，这是对军人举手礼的规定……哪怕是为群众办好事这种笼而统之的事情，也有着细化的标准，简约而不简单，四个字："缸满院净！"

解放军就是这样，既然重视细节，就要把细节落到实处，转化为一条条细化的、可执行的标准，要求每个士兵都严格做起。这样一来，训练新兵、考核士兵有了明确的标准，士兵自我锻炼也有了详细的目标。标准化命令为军队的果断执行和严格落实提供了良好的细节基础。每个士兵都向这些标准化的命令看齐，不达标准，誓不罢休。

美国福特公司的"蓝血十杰"便是以标准化作业闻名的。

二战结束后，桑顿、麦克纳马拉等10人进入福特公司，很快将福特公司长年积累的报表以及其竞争对手的数字迅速分析完毕，找到了恢复福特活力的方法。他们埋进早被人遗忘的数字堆中，把整个公司的运营成本分析出来，并准确计算出每笔生意的实际利润。他们超越传统的生产成本控制观念，把控制的理念运用到所有的事物，包括市场营销和采购当中。麦克纳马拉从来不相信直觉，只凭理性行事。他想问题一定要弄清楚每一个细节，找出所有的资料，然后归纳出一个理性、合乎逻辑的结论，而他的结论完全是根据数字而来的。客观分析就是麦克纳马拉的风格。正是这种风格为战后福特的大发展立下了汗马功劳，而且确立了美国公司的管理规范以及管理风格。桑顿、麦克纳马拉等人也因此被誉为企业中的"蓝血十杰"。

类似的现象还有可口可乐的罐头尺寸是经过严密的数学计算出来的；麦当劳的牛肉原料是按照严密的数据标准和制作程序挑选和加工的；沃尔玛的价格是严格按照薄利的标准核定出来的……正是有了这些严的标准，这些企业的员工才得以遵照执行，落到实处；正是有了这些严格的标准，这些企业的产品才得以质量过关，服务上乘；也正是有了这些严格的标准，这些企业才具备了"无性繁殖"的能力，能够在全世界各地顽强地扎根发展。

作为一名员工，也必须时刻想着标准化作业，给自己的工作树立一个完美（至少是合格）的标准，然后照此标准严格执行。比如说当你想着"顾客就是上帝"的时候，你也应该像沃尔玛的员工一样，想到"三米之内，露出你的上八颗牙微笑"——因为这就是标准化执行！有了这些标准，你的工作便有了参照物，你的职业生涯便有了奋斗目标。当然，你还可以以优秀同事的做法为标准，以老板的命令为标准，甚至学会跟老板的要求"赛跑"。只有这样，你才能天天进步。

在一家电脑销售公司里，老板吩咐三个员工去做同一件事，到供货商那里去调查一下电脑的数量、价格和品质。

第一个员工5分钟后就回来了，他并没有亲自去调查，而是向下属打听了一下供货商的情况，就回来做汇报。30分钟后，第二个员工回来汇报，他亲自到供货商那里了解了一下电脑的数量、价格和品质。第三个员工90分钟后才回来汇报，原来，他不但亲自到供货商那里了解了电脑的数量、价格和品质，而且根据公司的采购需求，将供货商那里最有价值的商品做了详细记录，并和供货商的销售经理取得了联系。另外，在返回途中，他还去另外两家供货商那里了解了一些电脑的商业信息，并将三家供货商的情况作了详细的比较，制订出了最佳购买方案。

结果，在公司大会上，第一个员工被老板当着大家的面训斥了一顿，并给他一个警告，如果下一次出现类似情况，公司将开除他。第三个员工，因为勇于负责、恪尽职守，在会议上，受到老板的大力赞扬，并当场给予了他一定的奖励。

这三名员工落实的程度不一样，很关键的一点便是他们给自己定的标准不一样。第一个员工觉得只要是个参考数据就可以了，因此马虎应事，自然会被老板批评。第二个员工觉得只要了解到最新的数据就行了，因此浅尝辄止，同样无法作出令人满意的答复。只有第三个员工，他在听到老板的要求后，给自己定了个很高的执行标准，然后严格地逐一落实，最后交出了一份令人满意的答卷。同样的命令，但由于每个人给自己定的标准不一样，结果落实的程度也大不相同。由此可见，高标准、严要求是员工做好事情的一个关键。如果说员工走向卓越有什么秘诀的话，这就是其中之一。

李素丽说："认真做事只是把事情做对，用心做事才能把事情做好。"每个员工要想像李素丽一样，在平凡的岗位上作出不平凡的事情，很重要的一点便是"用心"。但"用心"落实到具体内容上又该怎样做呢？给自己的工作质量定个高标准当是最重要的一点！

第十五章

及时总结，创造学习型团队

▶ 爱军习武：坚持学习，提高自身能力

有人说，21 世纪将是一个高科技的时代。也有人说，21 世纪是一个知识型经济的时代。还有人说，21 世纪是一个属于中国的时代。但万变不离其宗，21 世纪始终是个不断学习的时代。

科学技术的发展突飞猛进，知识的更新也日新月异，只有坚持学习、善于学习的人才能在这场大潮流中保持着跟时代同步的节奏，而不至于落伍，甚至被淘汰出局。李嘉诚说："世界每天在变，变到你也不相信。对我自己来讲，从我开始做塑胶，已开始追求新的知识，现在做地产也好，做货柜码头也好，或是其他行业，都希望多了解，有知识才能有宏观的看法，获得最后的胜利。"这是一个胜利者的说法，也是一个善于学习者的总结。

在过去的几十年里，解放军用他们的善于学习、勤于学习向世人展现了另一种生存之道。红军时期，许多战士在参军以前都是贫苦农民，文化水平很低，多是文盲或者半文盲，很多人连自己的名字都不会写。他们也没有经过严格的军事训练，只能在战争中学习作战。这些客观因素，尤其是自身条件都决定了红军如果不学习，就不能很好地作战，甚至连生存都成问题。他们就以日常生活为课堂，以木棍为笔，以地面为纸，坚持学习文化课程。有时连日常接触的用具、连队每个同志的名字、行军经过的地

名，还有一天一换的夜间口令，都成了识字的课本。他们边战斗边学习，许多人就是在这样的环境中学到了知识，摘掉了文盲的帽子。

张家港市南丰镇永联村村党委副书记、江苏永钢集团常务副总经理吴惠芳原来是名军人，2005年下半年从部队转业归来。面对农村基层党务这块新天地，他谦虚地称自己是名"新兵蛋子"。但就是这个"新兵蛋子"通过不断学习、努力工作，在短短的两三年间把永联村变成了苏州面积最大、人口最多、经济实力最强的行政村之一。

刚到永联村不久，他就和村党委一起提出了创新发展的思路，接着又提出在全国率先建成社会主义现代化永联村的宏伟目标。尽管目标远大、任务艰巨，但吴惠芳并不害怕退缩。两年多来，他一直坚持着在部队里养成的勇于实践、勇于探索、坚持学习的好习惯。

他结合永联"村企合一"的特点，深入农村地头和生产车间，广泛学习和了解村企党建工作的现状和特点，为党务工作的有序开展打下了坚实基础。同时加强理论知识学习，两年多来的学习笔记和心得体会已超过了100多本。他还主动参加国务院发展研究中心组织的高级管理人才培训班，以及中央党校、中国农业大学等高等院校或党政部门组织的理论学习培训等，进一步提高自己洞察新形势的政策水平。他牵头组织开展了"保持共产党员先进性教育"、"干部作风纪律教育整顿"等活动，并主持起草了《关于加强干部队伍建设的管理规定》、《关于在公务活动中礼品处理的规定》等文件，为全面推进党务建设提供了有效的制度保障。

针对村企党员多、支部少，集中开展组织工作和活动难度较大的实际，他从调整党支部组织机构入手，将原来的11个党支部调整为现在的离退休、社区、分厂等26个支部，并进一步明确了各支部的职责和要求，有效确保了党员的组织管理和各项活动的有序开展。组织制订了《关于永联村在职党员百分制考核细则》和《永联村退休党员百分制考核细则》，将党员带头学习、参加组织生活、创建优美环境等六个方面对党员进行考核，考核结果直接与党员退休后的养老金挂钩，有效激发和调动了党员模范带头的积极性。

如今的永联村经济发达、生活富裕，还获得了"全国文明村"、"全国先进基层党组织"等多项殊荣。几年来，吴惠芳凭着自身的不懈努力和创新实践，完成了从一个优秀军人到优秀农村基层党务工作者的漂亮转身，为永联村和永钢集团的发展贡献了自己的智慧和力量。

时代在变，工作岗位也在变，但不管你处于什么岗位上，学习的精神永远不能舍弃。美国凡世通轮胎公司的创始人说："教育不会在人们离开学校的时候结束，一个人经商的锤炼也不会在任何特定的时间结束。我现在仍像从前那样学东西。有一件事我可以肯定——如果一个人自己没练好，就别指望去训练别人。"无论是企业的员工，还是管理高层，都需要保持这种旺盛的学习精神，时时学习、处处学习，否则便可能如逆水行舟，不进则退。

童话大王郑渊洁曾说："铁饭碗的真实含义不是在一个地方吃一辈子饭，而是一辈子到哪儿都有饭吃。"在当今时代，什么才是你的铁饭碗？那便是终身学习、与时俱进！终身学习应该成为终身雇佣的代名词，它更能适应快速的变化和持续不断更新的知识时代。残酷的市场环境证明，公司的竞争最终一定是学习力的竞争，人才的竞争到了最后也一定是学习力的竞争。今天的大学生从大学毕业走出校门的那一天起，其四年所学的知识便有50%已经老化掉了！也因为这个缘故，IBM公司每年花费10多亿美元进行130万人次的职业教育和培训，公司总部的大楼上则写着"学无止境"。

在IBM的培训过程中，每个员工都要接受"苦行僧"式的培训——"心力交瘁"课程。在培训过程中，紧张的学习每天从早上8点到晚上6点，而附加的课外作业常常使学员们熬到半夜。学员们还要进行销售学习——这是一项具有很高价值和收益的活动。商业界就是一个自我表现的世界，销售人员必须做好准备去适应这个"世界"。一般情况下，学员们在艰苦的培训过程中，在长时间的激烈竞争中迅速成长。每天长达14～15小时的紧张学习压得人喘不过气来，然而，却很少有人抱怨，几乎每个人都能完成学业。他们知道在这个时代，不学习、不会学习、不终身学习，其结果肯定是被淘汰。正是这种不断学习、永远进步的精神和能力，使得 IBM 公司保持着旺盛的生命力。

在谈到如何参与新时代的竞争时，戴尔公司的创始人、董事会主席兼 CEO 迈克·戴尔说道："首先要把学习当成一种奢侈品，要认为学习是非常必要和必需的事情。然后，才是明确自己在工作中的研究对象是谁，要找到什么样的解决方案。"活到老，学到老，"终身学习"应该成为每个员工的必备素质。人们只有树立了这种学习的理念，不断地接受新知识的洗礼，才可能在新的时代挑战下站稳脚跟，比别人更胜一筹。

▶ 红军"看后背"识字：注意方法，创建学习型组织

谈到学习，一些员工或许会埋怨：每天工作完七八个小时之后，累得不行，回家后洗个澡就想看会儿电影、睡个觉了，哪里还有时间学习呢？这其实就是不懂学习方法、不会合理安排时间的结果。

俗话说："苦不苦，想想长征两万五；累不累，想想革命老前辈"。红军一边翻山越岭，一边忙着跟敌人周旋打仗，他们怎么还有时间学习呢？就拿红军识字一事来说吧，他们除了以日常生活为课堂之外，还特别重视学习方法的开发与利用。长征途中，大家要行军赶路，张闻天便想出了一个叫"看后背"的学习方法。所谓"看后背"，其实就是当红军成一路纵队前进时，战士们在背上挂块白布，上面写着汉字。这便是他们的课堂。总之，东西是死的，人是活的，只要肯想，总是会有办法的。好的方法能够让人从容应对、如虎添翼，坏的方法则会让人徒增负担，疲于奔命。

毛泽东创建军队开始，便十分重视方法的探索，努力寻找一条快速、有效提高军队战斗力，培养军事干部人才的新路子。在抗大的教学活动中，

毛泽东就特别强调要理论联系实际，从实践中来，到实践中去；强调学习的目的在于应用，要用就要抓重点，学得少而精。我军就是在这样的指导思想下不断学习，逐渐成长的。

企业的员工也是如此，所谓的学习并不一定是专门上什么课，学了什么教材，而是注重从实际工作中发现问题、思考对策，学会积累自己的工作经验与先进方法。在这个过程中，新员工尤其要注意保持谦虚谨慎的态度，多向老员工请教，多留意观察生活，学会从实践中来，到实践中去。像海尔的许多技术革新建议就来自第一线的工人，而沃尔玛的许多创新制度也是管理人员从普通员工那边听取来的。

美国有一家生产牙膏的公司，产品优良，包装精美，深受广大消费者的喜爱，每年营业额都大幅度增长。销售记录显示，前10年每年的营业增长率为10%～20%，令董事会成员雀跃万分。不过，业绩进入第11年的时候停滞了下来，每个月维持着同样的数字。更糟糕的是，接下来的两年同样如此。董事会对这三年的业绩感到不满，便召开全国经理级高层会议，以商讨对策。

会议中，有名年轻经理站起来，对董事会说："我手中有张纸，纸里有建议，若您要使用我的建议，必须付我5万元！"

"好！"总裁接过那张纸后，阅毕，马上签了一张5万元支票给那名年轻经理。那张纸上只写了一句话：将现有的牙膏开口扩大一毫米。

总裁马上下令更换新的包装。这个决定，使该公司第14年的营业额增加了32%。

这名年轻的经理何以能够想出这个办法来？其实秘密很简单，他在生活中观察得细致入微，发现了别人不曾察觉的事物。马克·吐温说："想出新办法的人，在他的新办法想出以前，人们总说他是异想天开。"我们工作中的许多先进方法不也是通过"异想天开"想出来的吗？在这个知识无限丰富的时代，我们不妨把我们的脑袋瓜子也"扩大一毫米"，多留心一些平时看上去稀松平常的事物，学会多思考问题的对策。

此外，员工要善于把个人的学习和公司的学习结合起来，既把自己置身于团队的大熔炉里，让团队带动自己成长，又要学会通过个人影响团队，带动团队一起成长。只有双方形成了良好的互动，才有可能产生双赢的结果；也只有把个人的学习和团队结合起来，个人的学习才会有长足的动力。其中，最为有效的学习方式便是集体培训。

对于公司的培训，管理人员千万别以为只是简单的技术传授，员工也不要认为那只是很简单的事情，可以通过看书、读资料的方式来代替。在职业培训当中，员工不仅要学习实际工作所需要的基本本领，还要学习公司的规章制度、企业文化，并在这个过程中学会跟其他人和睦相处、互助协作，为今后良好的工作关系打下基础。任何一家公司无论规模大小，员工的职业培训越正式、质量越高，那它所拥有的员工的素质也就越高，最终公司的运转效率就会升上去，而管理的成本则会降下来。通过这样的培训，员工之间还可以形成一个注重学习的氛围，形成互通有无、互相学习的机制，彼此通过交流的方式达到思想与思想的碰撞、经验和经验的汇集，从而塑造个人的团队意识和合作精神。

没有天生的好员工，也没有任何一个方法从一开始就能被人熟练掌握。一名优秀的员工肯定是勤于学习、善于思考、努力寻找对策和掌握方法的人。员工的个人学习不仅能够提高自身的工作能力、提升自身的精神素养，还能影响到其他员工，从而带动整个部门、整个公司一起学习。而公司也只有重视培养员工的学习兴趣与能力，创建学习型的组织，才能使自己在市场竞争中永远前进，立于不败之地。

关于学习的方法还有很多很多，关键在于员工必须能够做个有心人，善于观察生活；做个谦卑人，善于向别人请教；也做个有恒心的人，能够持之以恒。方法再多，最重要的还是要从自己的实践经验中来，正如教育家波莉亚所说的，"学习任何知识的最佳途径是由自己去发现，因为这种发现理解最深，也最容易掌握其中的规律、性质和联系"。如果你想从平凡走向卓越的话，那就从现在开始，沿着不断学习的方向前进吧！

▶ 华为民主生活会："不要脸"才会有进步

　　既然要学习，那肯定是自己有所不足。能够意识到自己有所不足，便意味着要放下架子，谦卑地向别人请教。古人说："知耻而后勇，知耻而后进。"只有敢于直面错误、直面批评的人才能更加诚恳地向自己开炮、向别人学习。在这方面，华为"不要脸"式的民主生活会是一个成功的典范。

　　曾在华为公司工作了六年零四个月的汤圣平先生在《走出华为》一书中是这么描述华为的一次民主生活会的：

　　华为的民主生活会还是两个主题：批评与自我批评。其中，自我批评的成分又要多一些。因为，华为认为只有具备自我批判精神的人才能成长。华为有"不要脸"的理论。

　　华为的民主生活会可真开，每季度例会肯定要做一次自我批判，不是只在你的领导面前，而是在众多的同事面前。每个人都得过这道关，"不要脸"才会进步，华为通过民主生活会让你认识自己，让大家把缺点暴露在阳光下。所有人都把缺点暴露出来，你就很坦然了。

　　华为的民主生活会是要刺刀见红的，挠痒痒根本过不了关。对于中国人来说，批评自己相对还容易，当面批评别人就很难开口了（与背后说人坏话甚至污蔑完全不同）。这样一来，华为就要拿捏其中的分寸了。

　　华为觉得高层的承受力、理解力、包容力要比基层员工强，因此在高层开展互相批评的活动更不鲜见。高层的批评活动我没有参加过，我曾经担心这样激烈的形式会导致有人放一把火把公司给烧掉。2002年，我在杭州办事处亲自参加过自进华为以来唯一的一次以批评别人、揭露丑恶现象为主的民主生活会后，我就不再担心，甚至我为它的精彩而叫好了。

　　以下是那次民主生活会的片段。

（背景：办事处代表刘刚从其他部门刚刚调到杭州任代表，看到了存在的问题以及办事处内部存在的一些人事矛盾，于是在一次季度例会的进程中，安排了一整个晚上的民主生活会。那份纪要我没找到，如果把那份纪要公布出来，可以视为思想政治工作的经典作品。现在是根据我的回忆把其中的片段摘出来的。）

刘：今天我们大家要好好地谈谈心，把你心中最想说的话说出来，有问题不能藏着，暴露出来，反而容易解决。哪一个先讲？

（王利第一个上去）

王利：我觉得我们客户经理到前线拼命，可我们却得不到行政资源的支持，比如，我跑好几个本地网，却要不到车……

刘：你还没把要害的东西说出来，哪一个再上来？

何龙军：……

刘：还是没讲到点子上，你下去，汤圣平你上来讲讲。你不是前段时间想离开公司吗？有什么想法谈谈！

汤：我有两点要谈。第一点，在分组的讨论会上我也说过，华为公司的激励机制出了问题。公司把老员工的内部股份全部1比1置换成期权，这样新员工无论如何努力也赶不上老员工，股权是华为的命脉，如果新员工不能获得激励，公司的动力也就不存在了。第二点，我觉得现在的考核和淘汰是面对基层员工的，中层干部却能安然无恙，我觉得无论责任在谁，中层干部都要站出来承担责任，你说这飞机掉了和民航局长有什么关系……我觉得这就是导向。我就这么多。

刘：汤圣平，你说的还是官话，还是没有把内心话说出来，我帮你说，你和×××的矛盾我是知道的，我前两天和×××谈话，我说你这个人的缺点就是狭隘，不能包容人。张××辞职时也和我谈到这个问题，我觉得在这一方面×××是有问题的。

……

卜（产品经理）：我觉得现在的客户经理对产品经理一点起码的尊重都没有。一部车，四五个人，客户经理不管三七二十一就往副驾驶上一坐，客气话都没一句，把我们这些老同志全部放在后面。本地网的宿舍也是，客户经理有个单独房间不说，还有一张特别大的床，一个人在上面可以滚过来滚过去，而我们这些产品经理呢，两个人睡一个小房间。

……

这次民主生活会办事处数十人上去发言，全都是谈对别人、对事物的意见和看法。事后，没有人觉得别人批评了自己，感觉很憋气；相反，每个人都说出了自己的心里话，感觉特别痛快。此后，办事处的组织气氛得到了明显改善。我因为不久后就辞职了，所以对办事处代表刘刚了解不多，但就凭这次民主生活会的组织和控制来判断，他完全可以做一个优秀的部门主管。

这种"不要脸"、"刺刀见红"的交流方式给华为带来了良好的效果，每个人都畅所欲言，说出自己的缺点，指出别人的不足，并在别人的批评声中逐渐成长起来。公司里的员工大多是知识分子，而知识分子普遍脸皮薄，经不起别人的批评，这严重阻碍了知识分子在工作中进一步的学习和成长。华为公司的民主生活会就是要打破这种陋习，让每个人都去掉架子，平等地坐在一起，以军队里的"团结－批评－团结"的方式共同学习。

毛泽东经常要求军队开展群众性练兵活动，提倡向最有实践经验的基层官兵学习。他说道："我们练兵的口号是：'官教兵，兵教官，兵教兵。'战士们有很多打仗的实际经验。当官的要向战士学习，把别人的经验变成自己的，他的本领就大了。"华为的民主生活会其实也是如此，让领导跟员工坐在一起，领导向员工学习，员工向领导学习，更重要的是，让员工之间互相交流、互相学习。

通过这种放下架子、平等交流的学习方式，公司能够迅速地发现工作流程的症结所在，员工能够迅速地发现自身的欠缺与不足，从而为寻找对策、自我提升提供了可能。

游击队"十六字诀"：落实工作要及时总结与查漏补缺

工作中出现差错是难免的，一时的失败更是寻常之事，关键是在哪里跌倒，就要从哪里爬起来。列宁说："不要怕承认失败，要从失败的经验中进行学习。"员工在工作中也应该具备这样的心态，善于总结得失，注意查漏补缺。

当年红军由于文化水平低，斗争经验不足，一开始经常吃败仗，但他们很善于总结，在实践中摸索出了别具一格的游击战术。红军的游击战术中最有名的便是"十六字诀"了，又称"十六字原则"：敌进我退，敌驻我扰，敌疲我打，敌退我追。正是靠着这一套总结出来的经验，红军才逐渐在根据地站稳脚跟，并且战术也越来越灵活、越来越成熟。后来八路军在抗战期间，挺进敌后，开展游击战，靠的也是这十六字诀！可见，善于总结、查漏补缺也能出战果。

不论员工是否乐意，错误总会不期而至。错误必然会造成损失，挽回损失的最好方法是总结经验，在失误屡出、经营受挫的情势里进行深入细致的研究，找出共性的东西，从而避免再犯同样的错误——这是人所共知的道理。但遗憾的是，很少有员工会主动从错误中学习。有些员工很善于进行自我检查、自我反思，从错误中总结经验。这些善于学习的员工一般又分为两种类型：有学习机制（主动学习）的员工和无学习机制（随机学习）的员工。前者的错误逐渐变成了经验，最后转化成走向成功的垫脚石，后者则可能在同一个地方跌倒第二次、第三次……最后在普通的岗位上混混日子，捞点"小鱼小虾"。

2002 年，毕业于山东曲阜师范经济学院经济管理专业的林晶，怀着对未来的美好憧憬走进了青岛国运。由于林晶在校期间品学兼优，接受新鲜事物比较快，国运决定把林晶安排在新生部门——人力资源部。

此时，正是国运集团高速发展时期，随着企业规模的不断扩大，所需专业人员远远超过了往常。林晶是学经济管理的，现在突然要转型干人力资源，陌生的环境，全新的工作，超负荷的用人需求，使初来乍到的林晶陷入了被动。

由于工作的滞后，人才跟不上企业发展的需要，心急火燎的领导对林晶提出了严肃的批评。面对压力，林晶委屈却不退却，"世上无难事，只怕有心人。工作没做好，得从自己身上找原因。"林晶暗暗给自己鼓劲。

从此，每当晨曦刚刚照进办公室的时候，林晶已经坐在自己的位置上忙碌了；每当傍晚的路灯照亮回家的路人时，林晶依然在堆积如山的文件里进行着她的工作。即使是回到家里，林晶也没有放松，在她的床头，堆满了各种专业管理类书籍，每晚睡前，她至少读一小时专业书籍，然后回顾一天的工作，有针对性地对工作中遇到的问题进行分析研究，并对第二天的工作作出计划。

她给自己定下了"四个不让"：不让领导布置的工作在自己的手中延误，不让急需办理的工作在自己手中积压，不让自己分内的工作出现一点差错，不让公司的形象因自己的失误而受到影响。林晶对自己的严格要求终于换来了成果，人力资源部的工作蒸蒸日上，公司领导对她的工作也给予充分的认可。后来，林晶被任命为人力资源部的部长。

担任人力资源部的部长，外行看来是件轻松、荣耀的事，但林晶却不这么认为：虽然职位提升了，但肩上的担子比从前重。如果在成绩面前骄傲自满，安于现状，很快就会回到过去的老路上去，被继续前进的企业淘汰，最后落得一事无成。

想到这里，林晶浑身上下就充满着力量，准备进行第二次飞跃。2004年，林晶成功考取助理人力资源管理师资格，使自身能力再上一个台阶。在国运集团"尊重人格，重用人才，凝聚人心，激发人气"的人才战略指引下，林晶迅速依据人力资源部的工作性质，制定出相应的工作准则，即"发现人才，培养人才，使用人才，关爱人才"。

　　她通过网络、报纸、招聘会等载体，通过猎头公司，直接与大专院校联系等渠道，广泛获取各方面人才信息，并通过面试询问内容、公司情况简介、限时回复等方法，使人力资源部工作走向制度化、规范化，让人才与企业的交流更加畅通，简洁有效地吸引了大批人才的加入。

　　同时，由于国运集团的发展，公司内部员工也需要不断地学习和提高。林晶以身作则，积极争做学习型员工。她利用业余时间，自费参加第二学历教育，积极参与主管部门的培训班学习，努力提高自身的综合素质，拓宽知识面，为正确作出领导决策，打下了坚实的基础。

　　　　　　　　（本案例节转自《拉着企业奔跑的人》，作者尹传高）

　　林晶的成功固然令人羡慕，但她那种善于总结，发现自身不足，并努力迎头赶上的精神更值得我们学习。李嘉诚说："成功没有绝对的方程式，但失败都有定律。减少一切失败的因素就是成功的基础。"世界没有绝对的失败，但有绝对的失败者，这样的人便是不懂得总结得失、从失败中吸取教训的人。杰克·韦尔奇甚至因此鼓励人们去尝试失败，在失败中成长，"因为他们已经承受了震撼，不断地承受震撼……现在……你应该可以放心大胆地去做一切事，你的表现不可能更差了"。

　　员工是如此，企业本身也不例外。一个企业再大、再成功，也有走错路的时候，但只要它能够及时总结、查漏补缺，那么它只是绕了点弯路，终究还是会回到成功的坦途上来的。

　　在阿里巴巴上市未获成功时，阿里巴巴的许多员工对未来十分悲观，思想极为混乱，有人甚至怀疑公司究竟还能撑多久。

　　在这种关键时刻，阿里巴巴的CEO马云明确告诉员工，阿里巴巴的目标有三大点：做80年持续发展的企业、成为世界十大网站、只要是商人都要用阿里巴巴！

　　要想在阿里巴巴做事，每天工作都得围绕这三大目标进行。

　　"如果认为我们是疯子请你离开，如果你专等上市请你离开，如果你带着不利于公司的个人目的请你离开，如果你心浮气躁请你离开。"员工的心一下静了下来。

马云进一步确立公司的使命感——"让天下没有难做的生意"。一次开会，有人提出："各位，我们的使命是让天下没有难做的生意！"马云一听双眼放光，对啊！马上就改。只要客户越用越舒服，客户就会越来越多。也是在2001年，马云同克林顿夫妇的一次交谈再次让他豁然开朗，问题集中在是什么在引导美国的前进方向？克林顿说，是"使命感"。马云顿时如醍醐灌顶，茅塞顿开。他联想到中国的互联网公司都在模仿雅虎、AOL、亚马逊，阿里巴巴能去模仿谁？"我们只有跟着使命感走！"

从此，不乏激情的阿里巴巴有了越来越明确的方向感。

错误和失败都不可怕，可怕的是有些人不敢面对错误和失败，或刚愎自用，或将错就错。聪明的人走路时也会碰到石头，但他并不恨这块石头，而是把它捡起来，看看能否用来垫脚。最后，让我们来重温松下幸之助的一段经典论述吧："事实上，即使是有丰功伟绩的人，也不敢说自己不曾失败过。正因为有过多次的失败，才会得到多次的经验；经过几次教训后，才能够成熟起来。如果不肯承认失败，就永远不会进步。在失败面前强调客观原因，抱怨他人，只会使自己一再地处于失败和不幸的漩涡之中。"

第十六章

主动担责，让个人融入集体

▶ 团结就是力量：带入组织，杜绝小圈子

作为团队组织中的一员，我们每个人有自己存在的"独立价值"，而"独立价值"又共同构成了整个团队的"共有价值"。团队"共有价值"的增加依托于个体"独立价值"的增加。反过来，个体"独立价值"的体现和增加又建立在团体"共有价值"的基础之上。

然而，在现实工作中，有的人找不到这两个价值的平衡：为了体现个人的独立价值，他不惜损害甚至牺牲其他员工乃至整个团队的共有价值。短时间内他的工作业绩卓有成效，但他的这种不具有未来意义的业绩只能是昙花一现，不会长久。然而，把握这两个价值平衡的砝码在哪里？"智者之虑，不为近利而动心"，不为眼前的、局部的利益而轻举妄动，轻言取舍，这就是智者的远见，也是职业修炼必须牢记的法则之一。

同时，在团队工作中，必然会出现在他人的协助下自己才能完成的工作，或者在自己的帮助下他人才能完成的任务，当然个人本身也会从中受益，这是保证自己成功的重要因素。单打独斗的时代已经过去，经理人必须力争做到"个人成长与团队发展"相统一，并以身作则，倡导集体英雄主义理念，才能建立一支强有力的高绩效的团队，也才会产生 1+1>2 的效果。

当年拿破仑带领的法国军队所向披靡，但在进攻马木留克城的时候，遭到了顽强的抵抗。马木留克兵高大威猛，一个法国士兵根本就打不过一个马木留克兵。军队被迫停止了。后来，法国人发现，两个法国士兵可以打败两个马木留克兵，一群法国兵可以打过一群马木留克兵。所以，法国士兵避免和对方单打独斗，靠着互相协作，最终击败了马木留克兵。原来，马木留克兵虽然强悍无比，但他们不重视合作，自己打自己的，同伴遇到了危险，也不去接应，而法国士兵却视合作为生命，最终获得了胜利。

一名优秀的战士善于和战友协作，战胜强敌；一名优秀的员工善于和同事协同作战，共渡难关。可有些人总觉得有些疑惑：我怎么找不到可以合作的同事呢？事实真是如此吗？只怕是你不善于发现可以合作的人吧？

一位年轻的小伙子开着家人刚送的崭新轿车，沿路一试身手并测试车子的性能，不久车子来到荒郊野外，平顺的马路一下子变成崎岖不平的山路，更令他生气的是一棵巨大的树木直挺挺地挡在路中央。年轻人有点动怒地跳下车，使尽全身的力量要把巨木搬开。原本在车上的父亲也下了车，在一旁观看着，他瞧见儿子汗流浃背却丝毫撼动不了那棵巨树。最后他终于开口问儿子："你已经尽了全力了吗？"只见年轻人不耐烦地回答："爸爸，我已竭尽所能，使尽浑身解数，难道你没看到我挥汗如雨、满脸汗珠吗？"这个时候父亲心平气和以极其平静的口气告诉儿子："儿啊，你并没有尽力，你甚至连开口要求我帮忙都不会呢！"

套用罗丹的一句话，生活中并不是缺少帮手，而是缺少发现帮手的眼睛。生活中有着无数像这位年轻人的父亲一样的帮手，只是我们从来没把他们放在考虑的范围之内，而总是哀叹孤立无援。当你为完成某项任务独自奋战的时候，是否向同事开口过？当你在搜集某个项目的数据时，是否向每个部门提出过求助的请求？你是否还在为了所谓的面子问题，不肯与人合作，为了当所谓的"孤胆英雄"，而不屑与人合作？请永远记住：单打独斗的时代已经过去了！在现代企业里，你要学会找到战友。

在寻找"战友"的过程中，员工始终要记住一点：这是在融入集体，而非拉帮结派、互立山头，否则对企业的伤害会更大。寻找"战友"，意味着学会与其他同事、其他部门加强合作，更加团结地投入到工作中来。一个团结互助的团队，不仅对公司有利，对于员工本身也是有着极大帮助的。

奥地利欧仁妮皇后曾记述过一个故事，描述士兵在湿地里等待皇族检阅时，是如何保持身上干燥的。这些士兵全体站成一个圈，再向右转，把双手放于前面人的腰际，并使双腿微蹲，让膝盖与大腿形成一个可以让前面的人坐下的平台，然后只专心地用语言指导自己前面的人坐在自己腿上。同时他们还要完全信赖自己身后的人，并根据对方的指示坐在对方的腿上。这样整个团队就可以形成一个紧密的圈，每个人都可以得到休息，并保持身体干燥。但是，如果有一个人没有坐好，后果可能会是整个圈失去重心，所有人都弄湿衣服。

好的团队难道不就像这些士兵一样吗？在帮助别人的同时，也帮助了自己，既实现了全体的"共有价值"，又实现了自己的"独立价值"。一个善于合作、善于寻找"战友"的人，也是一个善于制造双赢、善于走向成功的人。在现代社会里，唯有精诚合作才能创造奇迹，唯有善于团结合作的人才能走向成功。

▶ 牺牲小我，顾全大局：集体利益高于一切

走进军营，面向军旗宣誓的时候，军人就已经把自己的一切交给了部队。在《中国人民解放军进行曲》的旋律当中，他们立下了为人民服务的誓言。这是一个神圣的仪式，在这个仪式当中，新兵的灵魂也得到了升华。

走向军营，就意味着今后要把人民的利益放在首位，其在生活中的表现是集体利益高于个人利益，在公司里的表现则是公司的利益高于一切。

就像雷锋说的："一滴水只有放进大海里才永远不会干涸，一个人只有当他把自己和集体事业融合在一起的时候才最有力量。"一个懂得牺牲小我，顾全大局的人也必定是一个胸怀远志、聪明绝顶的人。因为他知道只有集体的利益得到了维护，个人的利益才有保障。

这种顾全大局的"牺牲"未必指献出生命一类的壮举，而是实实在在的付出，它可能是被分配到一个不起眼的岗位，也可能是临危受命，分配到一项紧急而重大的任务。对此，一名卓越的员工懂得坦然接受、坚决执行，因为在他的心中，公司的利益始终是第一位的，顾全大局才是聪明之举。

胡林毕业于天津某名牌大学，才华出众，但公司的老板觉得他经验不足、资历尚浅，决定派他跟随策划部主任到上海做一个大项目，锻炼一下。不巧的是，他们刚到上海的那几天，上海连降大雨，到处都是积水。一天，他跟策划部主任从办事处出来之后，水已经深得快没到膝盖了。不得已，他俩只好卷起裤腿，一手拎着鞋，一手托着笔记本电脑，像走钢丝似的小心翼翼地走在浑水里。突然，胡林脚底被什么东西绊了一下，整个人顿时失去了平衡感，迅速地向前倾去。就在这一瞬间，他的脑海中闪过这么一个问题：用哪只手去撑起身体的重量？自己刚买的富贵鸟皮鞋，还是公司价值12000元的笔记本电脑？但也就是一闪念之间的事，胡林作出了果断的选择：把拎皮鞋的右手撑在浑浊的水中，高高地托起左手的电脑……这件事给策划部主任留下了相当深刻的印象，后来，策划部主任向老板反映了此事，老板也对胡林刮目相看。由于胡林处处想着公司，经常自我牺牲，为公司办事，成绩斐然，两个月之后他就被公司委以重任，单独负责一些大项目了。

在现实生活中，我们经常可以看到这样的案例：某职位一般，业绩平平，但始终兢兢业业，不计较个人得失，默默地为集体利益付出。只有这样的人才能在关键时刻为了集体的利益挺身而出，在平凡的岗位上作出不平凡的事迹。相反，那些老打着个人小算盘，不能为公司委屈一下自己，甚至反过来牺牲公司利益、满足个人私欲的员工，最终也会把公司拖垮。

方成丝钉厂是中部省份的一个县办集体所有制企业，20世纪70年代，工厂的业务特别红火。虽然那时还是计划经济，各种原材料都要依靠计划指标才能购置，但该厂的产品却远销全国各地。

到20世纪80年代，东南沿海地区开始在计划之外做市场，这种丝钉类的产品技术含量不高，逐渐被沿海地区价格更便宜、质量更好的产品替代了。

产品滞销，工厂每况愈下，有时只能发70%的工资，有时甚至连70%的工资也不能保证按时发放。很多员工对此很不满，有的开始在下班的时候往工具包里装钉子，然后到集市上低价倒卖。时间长了，工厂越发亏损。

为防止工人下班偷钉子，工厂曾经在大门口安放了大型吸铁石和报警器，搞得人人自危。但最后工厂还是垮了。

方成丝钉厂的失败就在于，公司不重视忠诚意识和牺牲精神的培养，员工也不把公司的利益放在首位。最终谁也没落得什么好处。这些员工跟喜欢在船上打洞的老鼠一样，目光短浅，只看到暂时的眼前利益，却没考虑到后果。殊不知，当老鼠把洞打穿，找到船上粮食的时候，也是公司这条船往下沉的时候。

有些人尽管不直接从公司中窃取财物，满足个人私欲，但对个人的名誉、地位特别看重，喜欢跟同事钩心斗角，大搞办公室政治，结果把公司搞得乌烟瘴气。这种举动对公司的伤害很大。这在一些大企业里表现得尤为明显，管理层官僚化、享乐化，甚至追求个人崇拜。结果，整个公司人浮于事、部门林立、官僚主义盛行。无论是干部，还是员工，都把主要精力放在结党营私上，以小团体利益对抗公司的整体利益，因短期的既得利益牺牲公司的长远发展，老是担心自己在斗争中落于下风，吃大亏。人人疲于奔命，却没有作出多少业绩，最终把好好的一个公司搞垮了。

员工到了公司，就应该把公司的利益放在首位，演好自己在团队中的角色，服从分配，努力工作，诚恳地向同事请教。有时候，自己被分配到一个比较辛苦或比较普通的岗位，也不要心生怨恨，要明白这是团队的分工协作，要把个人的利益置于公司的利益之后。一个公司能够发展迅猛，并拥有光明的前景，是因为所有员工都能形成一个共同的精神，树立可贵的职业信念和职业习惯，自觉地为公司着想，并能顾全大局、牺牲小我。当然，这并不意味着员工要失去自我或者丧失原则。公司的利益始终是首要的——除非你个人的利益跟公司的利益相违背，而你也不想在此久留。相信这样的人不但不能在自己的岗位上作出成绩来，哪怕是到了其他单位，也会因为太自私、不敬业而遭到无情的淘汰。

▶ 替老板想想：让公司先赢，个人后赢

军队是个大熔炉，在彰显自身的时候，也塑造了个人。许多热血青年在这里经过一番锤炼之后，开始茁壮成长，变得成熟精干、乐观向上、坚毅刚强。千千万万青年又反过来以他们的辛勤汗水成就了军队这个特别的团队。团队造就了个人，个人也成就了团队，彼此相辅相成。聪明的员工善于站在全局的角度考虑问题，多替老板考虑，通过让公司先赢的方式来成就自己。

两个高中毕业生小张和小林，来到深圳后一直没有找到工作。当口袋里的钱所剩无几时，他们只好来到一个建筑工地上，找到包工头推销自己。

老板说："我这里目前没有适合你们的工作，如果愿意的话，倒可以在我的工地上干一段时间小工，每天给你们30元钱。"无奈之下，两个人同意了。

第二天，老板给他们分配了任务——把木工钉模时落在地上的钉子捡

起来。每天小张和小林除了吃饭的半个小时外，一刻也不歇，每个人每天至少捡八九斤钉子。几天下来，小张暗暗算了一笔账，发现老板这样做不合算，根本达不到节流的目的。小张决定和老板谈一谈这个问题，但小林却极力阻止他："还是别找老板的好，否则我们又得失业。"小张没同意，他直接找到老板。

"老板，恕我直言，公司需要效益，表面看来，捡回落下的钉子是一件合情合理的事，但实质上它给您带来的只是负值。我老老实实捡了几天钉子，每天最多不超过十斤。这种钉子的市场价是每斤 2.5 元，这样算下来，我一天能制造 20 元左右的价值，而您却给我 30 元的工资。这不仅对您是损失，对我们也不公平。如果现在您算透了这笔账打算辞退我，请您直说。"

没想到，老板竟哈哈大笑起来，说："好小伙子，你过关了！我手头上正缺一名施工员，拾钉子这笔账其实我也会算，我知道你们也都算出来了。我一直就等着你们过来告诉我。如果一个月后你仍然不来找我，你们都将会被辞退。公司需要效益，更需要像你这样忠心耿耿、责任心强、一心为公司谋利益的人才，我希望你留下。小林嘛，我只能对他说抱歉了。"

这就是考虑角度不同的结果。有的人懂得站在老板的角度考虑问题，把公司的利益摆在首位，殊不知此时老板也在观察员工、考验员工。然而在生活中，有些人错误地以为自己不过是个打工仔，公司的事只是老板或者别人的事，不怎么放在心上。这种缺乏主人翁精神的表现其实也是在把自己置于公司之外，漠视公司的利益，最终害人害己。只有那些能够主动考虑问题，处处维护公司利益的人才能把本职工作做好，为公司作出突出贡献，才能从众人中脱颖而出，成为老板赏识的人。

有一个公司老板聘用了一个年轻人做自己的司机，但这个年轻人并不满足于此，他还经常为老板寄发一些信件，处理一些手头上的事。这样一来，他对公司的一些业务也了解了很多。

渐渐的，如果老板有事情脱不开时，就让他代为处理。他还在晚饭后回到办公室继续工作，不计报酬地干一些并非自己的分内的工作，并力求做得更好。

有一天，公司负责行政的经理因故辞职，老板自然而然地想到了他。在没有得到这个职位之前已经身在其位了，这正是他获得这个职位最重要的原因。当下班的铃声响起之后，他依然在自己的岗位上，刻苦工作，最终使自己有资格接受这个职位，并且使自己变得不可替代。

这并不是抢风头或者巴结领导，相反，这需要沉得住气和吃得了苦，需要一颗全心全意为公司着想的心，甚至在必要的时候作出妥协与牺牲。"岁寒，然后知松柏之后凋也。"一名员工是否忠心耿耿，能否把公司利益放在首位，还得看公司出现危机的时候他怎么做。在这种关键时刻，有些人退缩了，而忠心的人选择了留下来继续奋斗。想当年（1973年），美国联邦快递公司出现危机的时候，公司亏损了2930万美元，欠债主4900万美元，随时都有破产的危险。但就是在这个关键时刻，联邦快递企业的员工选择了留下。他们同老板史密斯一样，有着不屈不挠的精神，对前途充满了信心。他们心甘情愿地把自己的前途和利益交给了公司，与之同舟共济，共渡难关。如今，我们可以举出无数个有关这个公司早期职工自我牺牲的故事来：联邦快递的送货人可以抵押自己的手表来购买汽油；当执法官来查扣鹰式飞机时，职工们把飞机藏了起来……可以想见，如果没有员工们当时的牺牲，没有一种让公司先赢的坚定信念，美国联邦快递公司也不会拥有今天的辉煌。

有时候，这种信念并不一定要以自我牺牲为前提，但它绝对需要一种眼光，一种立足于全局的眼光，一种学会站在全公司的位置上考虑问题的眼光。只有公司赢了，个人才是真的赢，否则个人的成功终究会受公司的失败拖累。

威尔西是明尼苏达州一家纺织品公司的销售员，他对自己的销售业绩甚为满意。很多次，他向老板多恩讲述自己如何为公司卖力工作，如何劝说一位服装厂的老板定公司的货。然而，多恩只是点点头，淡淡地表示赞同。威尔西很不满意，认为多恩对他的努力没有任何肯定的表示，于是他鼓起勇气，问多恩："我想可能是我的工作中出现了什么问题，你能否告诉我它究竟出在哪里？"多恩看着威尔西，认真地答道："威尔西，你把精力放在一个小小的服装厂上，可它耗费了我们太大的精力。请把注意力盯在一次可订3000码货物的大客户身上！"威尔西恍然大悟，于是他放弃了手中较小的客户，努力去找到更大的客户。不久威尔西的业绩上去了，公司的利润随之增长，老板也对他青睐有加。

一名优秀的员工就应该如此，既要想着让自己成功，让自己赢利，也要学会站在老板的角度上考虑问题，让公司赢利。俗话说"大河涨水小河满，大河无水小河干"，只有让公司变得越来越好，个人的前景才会一片光明。为公司赚钱、让公司先赢，这跟当兵要为军队、为国家服务一样，也是一名员工的天职。一名员工只有在心里拥有了这种使命感和责任感，并习惯于以这种理念指导自己的工作，才会成为企业里最优秀的员工，有着广阔的发展空间。

▶ 兄弟连的"银翼徽章"：在战斗中培养集体荣誉感

电影《兄弟连》所讲述的故事在世界范围内广为流传，感动了无数人。故事发生在美国陆军第101空降师第506伞降步兵团的E连里，大家尽管来自全国各地，具有不同的背景，或为农夫，或为矿工，或为名牌大学的高才生，却在战斗中结下了浓厚的友谊。

一开始，他们什么也不懂，还有些怯战，对那些拥有银翼徽章的陆军军士羡慕不已。随着演习的增加，他们逐渐地融入了这个群体，为了共同的目标而奋斗，而拿到银翼徽章成了他们培养集体荣誉感的一个重要方式。就像他们所调侃的，"希特勒使他们结缘"，但真正让他们结成一个紧密配合的团队的，还是平时的艰苦训练与战时的硝烟。只要一想到大家是一个团队，还要拿到银翼徽章，每个人都不再感到孤独与惶恐，而是紧密配合，默契地取得了一个又一个胜利。

就是通过这样的特殊生活，这些原本不同身份、不同背景、不同特长的人变得亲密无间起来，就连毕业于哈佛大学英语专业的戴维·凯尼恩·韦伯斯特都开始喜欢上了部队里"粗俗、单调、毫无想象力的语言"，因为这样"特别带劲儿，觉得更像是和自己人说话。"

哪怕是和平时期，为了提高士兵的协同作战能力，增进战友之间的亲密，部队里也会经常举办军事演习、友谊比赛，让大家在战胜共同敌人的过程中结下浓厚的友谊。有个成语叫"同仇敌忾"，说的便是同样的道理。大家有了共同的目标，面对共同的困难与敌人，自然而然地要走到一起，互相配合，从而取得最后的胜利。

在企业中，员工和员工之间要结成共同立场，这样的立场可以是基于共同的利益目标，但更有效的方式是基于共同的困难。大家朝着同一个目标奋进，危难时同仇敌忾，互相支援，共渡难关。这也是一个公司得以不断发展的根本前提。

如何通过协同作战促进团队的合作呢？一般说来，这种方式要遵循以下几个原则：

第一，员工从企业那儿享受到适当的利益，并和其他员工形成共同的利益基础。这种利益的给予可以是公司赢利的分享，也可以是平时提成、奖金的发放。这种利益的分享要形成稳定的制度，将员工的所作所为与利益挂起钩来。一名员工的优秀表现不仅能够给企业带来好处，还能给其他员工带来好处。相反，如果一名员工表现不佳，那么其他员工也会受到牵连。在这种情况下，如果一名员工碰到了什么困难或问题，其他人就会争相伸出援手，共同想办法解决，从而形成一个良好的团队。

第二，员工之间有着共同的奋斗目标。就如同共同的利益基础一样，共同的奋斗目标是员工们走到一起，互相配合的另一个重要条件。大家不论做什么工作，分到多少任务，目标都是一致的，心往一块儿想，劲儿往一处使，这样才能有效地促进团队合作。

　　第三，在奋斗的过程中，员工们会遇到共同的困难与敌人。这个困难可能是生产过程中的一个技术难题，这个敌人可能是突然出现的一个强有力的竞争对手，总之，对企业内的所有人，至少是大多人的生存与前景构成了威胁。这样一来，大家便有协同作战的原始动力了。谁要是离开了这个团队，谁便有可能被团队抛弃，被敌人消灭。

　　明白了这些，你便能很好地理解为什么公司在培训的过程中会设置一些较大的难题让多名员工、不同部门共同完成。这其实便是通过树立共同的目标、设置共同的利益，让大家有机会更好地走到一起，团结互助。同样地，公司有时也会搞些娱乐活动，让不同部门的人分成不同的小组，展开竞赛。这些娱乐活动可能跟工作内容一点都沾不上边，但大家却可以通过这样的方式，学会互相理解、默契配合，从而为今后的共同工作打下良好的友谊基础。

　　即使是老板，有时也会放下架子，试图跟员工们一起吃、一起玩，其实目的是相同的，那就是在共同的生活中互相了解、增进友谊，从而为今后的协同作战做好准备。杰克·韦尔奇说："忘掉CEO的职务与威望，我的想法完全可以被你们丢在一边，而且我不会为此感到不愉快。我来此的乐趣就是与你们融合在一起，共同做成一件事！"老板尚且如此，作为一名合格的员工，更该在平时跟同事们友好相处，共同奋斗。对于公司的集体活动，员工们要踊跃参加，因为这不仅仅是一些娱乐或健身活动，还是增进同事友谊、提升团队精神的绝好机会！

第十七章

能打江山，更能坐江山

▶ 向沃尔玛学习节约管理

　　创业者如果没有艰苦朴素的作风，企业运营的成本便会增加，员工之间也会竞相攀比，从而使得官僚习气风行、工作效率降低，最终受害的还是创业者自身。美国克莱斯勒汽车公司的总裁李·艾柯卡说："赚钱不是一件容易事，把钱花出去却再容易不过了。"由俭入奢易，由奢入俭难。一个企业如果形成了摆阔气、装门面的不良之风，想要再扭转过来，就困难多了。一些明星企业发展有限，甚至由盛转衰，很大程度上便是这方面的原因。

　　相反，一些优秀的企业能够保持长盛不衰，其中很重要的一个原因便是保持了节俭的习惯。这种节俭未必是指管理人员或普通员工自身的生活朴素，但一定体现在他们的企业管理当中：降低运营成本、提高工作效率、优化现有资源……虽然沃尔玛公司名列世界五百强之一，其创始人山姆·沃尔顿却是节俭的高手，公司上上下下全部精打细算，千方百计地节省每一分钱。为了省钱，他甚至连出差时都经常与人合住一个普通房间。沃尔玛能够做到"天天平价"，企业的节俭之道可谓最核心的因素之一。

　　再如20世纪70年代便闻名全球的日本丰田公司，它也是一家以"抠门"闻名的公司。

丰田公司在20世纪70年代已经是全世界知名的大公司，他们在办公用品的使用上节省到近乎"抠门"的程度。譬如公司内部的便笺要反复使用四次。第一次用铅笔写，第二次用水笔写，第三次在反面用铅笔写，第四次在反面用水笔写……公司办公大楼的马桶水箱里都要放一块砖，这样可以使6升的水箱变成5升，每次都能够节约1升水……这些看起来也许都很"庸俗"，但就是这样才使得其资源得到更合理使用，并使其公司上下养成良好的习惯。

俗话说得好，"涓涓细流，汇成海洋"，企业中一些看似微不足道的小节省，汇集起来之后会对控制成本起极大的作用。员工对此应该保持清醒的认识，自觉地进行节俭，为企业最大限度地节省成本、获得更大的经济效益作出自己的努力。山姆·沃尔顿说："我甚至告诉我的员工，在生产的时候不要浪费一分钱，如果我们浪费了一分钱，就等于我们从顾客的口袋里多拿出一分钱；如果我们在顾客的口袋里多拿出一分钱，就意味着我们失去了一部分市场。而如果我们能把这一分钱节省下来，那么我们的产品就会在市场中多一分竞争力。"

当然，有些员工会认为钱终究是企业或老板的，即使节省下来也进不了自己的口袋，做不做节约无所谓。这不仅是一种狭隘自私的想法，还是一种功利短视的表现。从员工和企业的关系来说，节俭对双方都起到良好的促进作用，因为它的结果往往是员工与企业间的双赢。员工在实际工作中帮企业降低生产成本和运营成本，增强了企业产品的竞争力，提高了企业的赢利空间，增强了企业应对市场变化的能力。这样一来，企业才能长盛不衰，才能有更多的能力给予员工相应的回报和鼓励。可以说，提倡节俭，不但对企业有好处，而且会惠及员工自身。

在著名的思科公司，节俭已经成了一种习惯，员工们想方设法为企业节省支出。思科的员工会将没喝完的矿泉水装入背包以防止浪费，思科所有员工出差，一律坐经济舱……为什么思科的员工都能够自觉地进行节俭呢？原来，节俭能使企业和员工获得双赢，这便是他们节俭的动力所在。

思科公司实行的是全员期权方案，员工的待遇分为两部分，一部分是工资，另一部分便是公司的股权，全员享有期权，40%的期权在普通员工手中，一个思科普通员工，只要干满12个月，在股权上的平均收益是3万美元。员工如果在工作中为企业节省下成本，最终也能从中得到实惠。以2003年为例，思科通过各种手段降低的开支高达19.4亿美元。思科3万多名员工，个个都有公司股份，公司"抠"出效益，大家都受益。此外，公司把节俭剩下来的资金用于员工的培训，使员工的工作能力得到提高。思科公司曾经投入上百万美元进行员工培训，以在行业好转的时候迅速拉开和竞争对手的差距。

节俭给思科的员工带来了切实的好处，思科的员工工资也因此高于业界的平均水平。用员工自己的话说，虽然不是最高的，但也是在工资水准的前三分之一的梯队之中。当然，思科的节约也不是教条性的，若有人能喝10瓶水，绝不会有任何人指责他浪费。在思科眼里，物尽其用并不是浪费。

节俭风气的养成对企业和员工都有好处，因此，每一名员工都应该以勤俭节约为荣，以铺张浪费为耻，杜绝大手大脚、奢侈享受的行为，将节俭化为自觉的行动，在生产和工作的过程中精打细算，节省每一张纸，节省每一度电，积极为企业降低成本出谋划策。这些看似微小的事情，其实都体现了对企业、对自己的一种负责任的态度。

▶ 像军人一样吃苦耐劳

2007年9月，《南方都市报》曾联名新浪网做过一项关于军训的网上调查，调查结果显示，66.25%的人认为初高中学生都要进行军训，68.15%

的人认为军训对学习、为人处世等起到积极作用，55.46% 的家长对军训持赞成的态度。可见，时至今日，人们仍认为孩子到军营中吃点苦、受点累，对其成长是有帮助的。

随着经济的快速发展，吃苦在当今社会已经成为一种略显奢侈的事情，但军营里的吃苦耐劳的精神却不未改变。高强度的训练和不时遇到的恶劣环境培养了军人吃大苦、耐大劳的过人素质。退役到地方之后，军人也因特别能吃苦而备受企业老板的青睐。哪怕是自主创业方面，军人也会显露出过人之处。创业难，创业之初尤其难，但只要有了吃苦耐劳的精神，不怕脏、不怕累，什么难关都是可以渡过的。

贾东亮，河南省商丘市人，1980 年 11 月入伍当了一名空降兵。在部队服役 18 年，荣立三等功三次，先后在团、师、集团军等各级机关通信部门工作，退役前是空降兵某部副团职通信参谋。1997 年底，贾东亮复员创业。

1998 年 2 月，贾东亮揣着部队按政策发的不到 10 万元的复员费，告别了家人，只身来到了广东省广宁县南街镇黄盆村进行"三高"农业开发。他与村里签订了 180 亩的土地承包合同，正式注册了自己的"八一"生态农场，开始了创业之路。

这年冬季，一场霜冻使贾东亮种下的芒果、荔枝等果木大面积冻死，损失达 10 多万元。但他没有被困难吓倒，反而把坏事转化成了好事。他说："一场霜冻把果木冻死了，却把我冻醒了，我知道广宁县能种什么，不能种什么了，于是及时调整了种植结构。"

接下来，他碰到了各种困难：被毒蛇咬伤，全身浮肿……面对意想不到的困难和挫折，贾东亮对自己说："我什么都可以失去，但军人的毅力和信心不能丢！"伤势一好，他又扛着锄头上山了。

他租用附近村民的一间废弃的鸭棚作为临时居所，又聘请了几个村民给他打工，每天天不亮就起床带着他们上山，天黑了才拖着疲惫的身子回到鸭棚。

不久，贾东亮的岳父岳母千里迢迢来到黄盆村看望他，他们被眼前的贾东亮惊呆了：脚穿齐膝的水鞋，身穿破旧的军装，睡在鸭棚里，又黑又瘦……这哪里像那个副团职少校军官的女婿！岳父岳母心疼地直掉泪。岳父问他："已投入多少钱了？"贾东亮说："已有六七万元了。"岳父说："这样吧，六七万元就算扶贫了，咱走！"岳父到广宁县的第一天就让他回去，岳父说："凭你的能耐在哪儿不能挣口饭吃，何必吃这个苦受这份罪呢？"贾东亮说："现在才刚刚开始，我必须干下去，我坚决不走！"

四五年后，贾东亮的"八一"生态农场成为广宁县最大的"三高"农业基地。现在，这个农场已成为市、县两级"三高"农业开发示范点。他本人被评为肇庆市劳动模范、广宁县"十佳企业家"，反映贾东亮创业事迹的电视专题节目《无悔的选择》获得全国新闻奖。

贾东亮在接受采访时深情地说："创业者所走的路，肯定会充满艰辛。要有吃苦精神，要有顽强的毅力才行。对此，我一点都不惧怕，当过兵的人还怕吃苦吗？"

可以毫不夸张地说，成功者所取得的辉煌成就，都是生于苦根上的甜果。在他们的人生道路上，都有着一段苦难的岁月。面对严酷的现实、巨大的困难，他们不屈不挠，吃苦耐劳，终于迎来了胜利的曙光。相比之下，那些凭着运气发家或者最终放弃了吃苦耐劳精神的人，是做不成大事的。

出生在安徽怀远县的年广久早年家贫，难以糊口，一度外出逃荒。因为身材瘦弱，目不识丁，加之衣服破旧，说话口没遮拦，他经常闹出笑话来，被人嘲为"傻子"。但就是这个"傻子"式的年广久在1972年改行炒瓜子，慢慢炒出了名堂，人称"傻子瓜子"。1983年，年广久因为雇工超过当时国家的规定，傻子姓"社"还是姓"资"的问题在社会上引起了轩然大波。邓小平针对这一争论，旗帜鲜明地指出："让傻子瓜子经营一段，怕什么？伤害了社会主义吗？"风波由此平息。由于经营有方，又重视产品质量，"傻子瓜子"的销量一路走好，在已有上百个瓜子品牌的上海也逐渐站稳了脚跟。

可就是这个在大风大浪中都没有被击垮的"傻子瓜子"最后却因为年广久自身的因素倒闭了。

年广久通过瓜子发了，但他毕竟是个农民。有了钱以后便有些控制不住自己了。他喜欢喝酒，每天至少喝两顿。酒一下肚，他便激动起来，好的、坏的、顺耳的、逆耳的，全如竹筒倒豆子般，倒了出来。这在无形中得罪了不少人。更糟糕的是，年广久头脑中的封建恶习冒了出来，他开始包养二奶起来。

1988年，芜湖市新芜区检察院，根据群众举报，对年广久贪污、挪用公款立案侦查，1989年9月25日，年广久被捕。芜湖市中级人民法院审理后认为，年广久贪污、挪用公款证据不足，但因玩弄女性构成流氓罪，判处他有期徒刑3年，缓刑3年。

"傻子瓜子"就这样倒下了，倒得无声无息。一家明星企业产品质量过关、市场前景看好，最后却因为管理者不能继续吃苦耐劳而关门大吉。这不能不说是一个相当深刻的教训。

贝多芬说："痛苦能够毁灭人，受苦的人也能把痛苦毁灭。创造就需苦难，苦难是上帝的礼物。卓越者的一大优点是：在不利与艰难的遭遇里百折不挠。"苦难、困难既是创业之初必经的课程，又是创业成功之后应不时温习的"教材"。只有经常从中汲取艰苦奋斗的营养，企业才能保持顽强的斗志和长久的生命力。

▶ 自己也需要"整风运动"

在中国共产党的领导下，军队先后经过多次"整风运动"。在这些整风运动中，既有成功的经验，也有错误的教训，但是作为一次团队的反省、纠偏、更新的有效方式，却是利大于弊的。它对于现代企业进行团队精神的训练与加强有着借鉴意义。

对于一名员工来说，自我的"整风运动"不可或缺。曾子曰："吾日三省吾身。"一个人要时时自我反省，善于发现不足，保持一种朴素踏实、艰苦奋斗和斗志昂扬的精神状态。这样一来，员工才能保持好的工作品质，改正不良习气，永远保持旺盛的精力与奋斗的激情。

首先，自我的"整风运动"表现为一种"归零"的心态，让自己回到奋斗的起点。

就像军人牢记"我是一个兵"一样，公司的人要记得自己永远是一名员工，保持一种谦逊、低调的作风，知道自己的奋斗目标是什么。很多人在刚开始参加工作的时候朝气蓬勃、胸怀大志，可是在一个地方待久了，便锐气渐消、斗志全无，令人感慨万千。也有很多人一开始一无所有，辛苦奋斗几年之后志得意满，便有些目空一切，不知天高地厚，甚至抛弃艰苦奋斗的传统。只有经常保持一种"归零"心态，回到奋斗的起点，才能更好地认识现有的成绩与地位，对比昔日的目标与今日的现状，知道自己这些年来实现了什么，又舍弃了什么，在对比中体验得失与成败。回顾过去，是为了更好地展望将来。一个人只有常常从过去的岁月里总结得失，才能更好地向前进发。

其次，进行自我"整风运动"，保持艰苦朴素的作风。

在生产中，企业能否节约成本，以及能够节省成本到何等程度，员工有着很大决定权。很多企业制定的关于成本压缩的制度，最后能否落实，在很大程度上也取决于员工的执行力度。因此，从企业的角度来看，员工进行自我"整风运动"，保持艰苦朴素、勤俭节俭的作风，是完全有必要的。对员工个人来讲，艰苦朴素既是一种美德，也是一种好习惯，有助于个人工作能力和精神生活的不断提升。俗话说："勤俭永不穷，坐吃山也空"，保持艰苦朴素的作风，不但会为自己积累下可观的物质财富，而且能让自己的性格、意志、毅力都得到良好的训练，在工作内外都受益匪浅。

再次，自我"整风运动"应该体现为一种自制自律的精神。

有些员工参加工作久了，便会产生懈怠心理，对公司的规章制度不再那么看重，觉得迟到一会儿、上班时干点私事、从单位里拿点东西回家算不了什么，久而久之养成了毫无纪律、小错不断的坏习惯，并在关键时刻铸成大错。吉姆·柯林斯在对大公司上亿美元的项目的研究过程中发现，"当员工守纪律的时候，就不需要层层管辖；当工作守纪律的时候，就不再需要管理制度的约束；当行动守纪律的时候，就不再需要过多的管理和控制。结合了强调纪律的文化和创业精神，你就得到了激发卓越绩效的神奇力量"。一名具有强烈自律意识的员工在工作中必然也是兢兢业业、尽职尽责的，然后才有为企业作出贡献、实现自我价值的可能。

当然，自我"整风运动"还包括保持奋发向上、积极进取的昂扬状态。

科学研究表明，人的天赋存在差异，但差异很小，所以你无理由归罪于你的天赋，但在实际生活中，成功的人却很少。虽然成功者天赋并不是特别高，但他们始终保持着一颗沸腾的心，知道自己想要追求什么，不因世俗的喧嚣和忙碌而放弃自己的梦想。法国的一位亿万富翁去世后，他的律师在报纸上刊登了他的遗嘱："我由一个身无分文的穷人变成了亿万富翁，去世之前，我不想把我成为富人的秘诀带走，现已重托我的代理人把它保存在银行的保险箱里。现在，如果谁能回答——穷人最缺少什么，我就把我的秘诀和200万法郎无偿赠送给他。"遗嘱刊出之后，他的律师收到大量的信件，里面说了各种各样的答案。大家都十分肯定，穷人最缺少的是金钱，除此之外还能缺少什么？有一部分人认为，穷人最缺少的是机会，一些人之所以穷，就是因为没遇到发财的机会。另一部分人则认为，穷人最缺少的是技术，一些人之所以成为穷人，就是因为学无所长。还有的人认为，穷人最缺少的是关爱，因为有钱人不愿意在关键的时刻拉他们一把。还有一些其他的答案，比如：穷人最缺少的是一份安定的工作，是家族丰富的遗产……总之，答案千奇百怪。后来，律师按亿万富翁生前的交代，打开了那只保险箱，发现在所有的信件中，只有一位小女孩的答案跟亿万富翁的秘诀是一样的：穷人最缺少的是野心。是的，自我"整风运动"就是为了唤起每个人的记忆，想想自己曾经的"野心"，让自己保持一种奋发向上、积极进取的精神状态。有了"野心"的人未必会成功，但没有"野心"的人绝对连成功的门槛都碰不到。

员工对自己时不时地来一场"整风运动"，就如同军队整风、党内整风一样，是为了去掉身上的奢侈之风、懈怠之风和官僚之风，换上艰苦奋斗、斗志昂扬、勤勉向上的新风。碰到困难的时候，多问问自己是否作出了最大的努力；取得成绩的时候，想想自己有没有记得感谢那些帮助过自己的人；获得晋升的时候，不妨想想自己当初的艰难与梦想……只有时时省察自我，进行"整风运动"，才能使自己永远保持一种最好的精神状态，昂扬而不失谦卑，潇洒而不失朴素，成为一名优秀的员工，一个令人尊敬的人。

▶▶ 警钟长鸣，培养危机意识

2000 年，华为公司的年销售额达 220 亿元，获利 29 亿元人民币，位居全国电子百强首位，可就在这个时候，华为公司的总裁任正非却写出了《华为的冬天》一文，跟员工们大谈华为的危机："公司所有员工是否考虑过，如果有一天，公司销售额下滑、利润下滑甚至破产，我们怎么办？我们公司的太平时间太长了，在和平时期升的官太多了，这也许就是我们的灾难。泰坦尼克号也是在一片欢呼声中出的海。而且我相信，这一天一定会到来。面对这样的未来，我们怎样来处理，我们是不是思考过？……"

孟子说："生于忧患，死于安乐。"当我们一味沉湎于过去的成绩、不思进取时，危机已悄然降临。一个人如果丧失了危机感，失败便离他不远了，无情的竞争必将他淘汰出局。如同军队里经常进行"紧急集合"和针对假想敌的军事演习，工作中必须牢牢地树立忧患意识。

早在上个世纪 80 年代的时候，海尔人就树立了"今天工作不努力，明天努力找工作"的忧患意识和奋斗意识，积极调动员工们的工作积极性，时刻为可能降临的危机做着准备。在海尔公司，员工们要保持奋发向上的斗志，以免被淘汰出局。"三工并存，动态转换"的管理体制让每个人都像被野狼追赶的兔子一样，只有铆足了劲往前冲的选择。所谓的"三工并存，动态转换"其实是指全体员工分为优秀员工、合格员工和试用员工三种，分别享受不同级别的待遇，并根据工作业绩和贡献的大小进行动态转换，在全厂公布。这三种员工的比例一般保持在 4：5：1，整个过程实行公开招聘、公平竞争和择优聘用。在这种有效的激励体制下，每个海尔人都逐步培养起了忧患意识，生怕自己落后于人，甚至被开除出厂。

在一个竞争的市场中，企业永远处于后有追兵、前有堵截，上有雨雪、下有泥泞的环境当中。每个企业只有根据环境的变化和自身的特点，不断地进行内部各个要素之间的关系调整，调动每个成员的工作积极性，才能在残酷的竞争中生存下来。对于员工来说，适当的危机感不但不会将其击垮，反而会激发其最大的潜能，提升工作绩效。当你在观看短跑运动员在田径场上飞奔的时候，你或许会想到：这些运动员平时训练时也会以这种速度奔跑吗？答案显然是否定的。但你是否进一步地思考过：为什么这时候的他必须快跑？或者说，为什么这时候的他能够跑得如此之快？答案其实很简单：压力使然！

有一位知名的游泳教练，培养出了很多优秀的游泳运动员。很多成绩平平的运动员经过他的指导，成绩都有了大幅提高。一位记者对此感到好奇，特意采访了这位教练。

"如果一个学生能游22米，而泳池的长度是25米，我会叫他从浅处向深处游。"游泳教练对记者说。

"可是他只能游22米，游到最后又正好是深水区，岂不非常危险吗？"记者问，"为什么不让他由深水区游向浅水区呢？这样当他游不动时可以站起来。"

"当你由浅水游向深水时，起初必定知道保存体力，等游到深水区，将拼命向前冲。因为最后是在深水区，游不动就会沉下去，所以你必定发挥最大的潜能，即使原来只能游22米，到时候也能游完整个池子，相反的，你从深水游向浅水，起初必然拼命，等到力气将竭，眼看自己已经在浅水区，就算原先能游22米，恐怕游到20米就耐不住了。两相比较，有5米之差，你说当采用哪种训练方法呢？"

对于学习游泳的人来说，深水区无疑是危险的，足以威胁其生命。为了逃生，学生们都不敢怠慢，拼了命也要游过去。适度的危机就是这样激发人的潜能。在工作中，许多员工由于有了固定的业务，远离了"深水区"，便以为高枕无忧，可以舒舒服服地享受了。他们不愿意再吃苦去拓展新的业务，致使公司的业绩也受到了影响。一名员工想要做得好，而且保持优秀，就必须时刻提醒自己，不骄傲自满，不懒惰散漫，走出安逸舒适的办公室，多到新环境中体验，熟悉那种为了生存和成功而拼搏的精神。

有时候，危机和压力是来自外界的，人刚开始接触的时候会感到不舒服。但是这些都不要紧，关键是员工自己要学会如何将其转化为有利的因素，使之有效地提醒自己、督促自己。只有从心理上认同了这种压力，并意识到工作的职责所在，你才会跟它很好地融合在一起，从而引起心态、精神上的变化，提高工作效率和质量，成为优秀的员工，否则压力永远是你前进路上的阻力。

第十八章

榜样的力量是无穷的

▶ 从黄继光连到红一师

在部队里，我们经常可以看到许多英雄模范，他们的事迹被写在墙上、板报上、报纸上，广为流传。这样的英雄模范，我们可以列出很多：张思德、黄继光、邱少云、董存瑞、雷锋……

在这些英雄曾经待过的连队，我们可以看到他们的影子：连队的官兵都以这些英雄在这里战斗过、生活过而自豪，并自觉地向他们看齐，严格要求自己，努力地为人民服务，生怕自己的言行不合格，辱没了英雄的威名。

就拿黄继光生前所在的部队来说吧，他们平日里以黄继光为榜样，苦练本领，在危难发生时总是抢在第一线，抗灾排险，维护人民群众的生命和财产安全。在 2008 年的"5·12"汶川大地震中，黄继光连就涌现出了许多可歌可泣的英雄事迹。全连的川籍士兵有大半家处地震重灾区，可面对家中房屋倒塌、亲人遇难或重伤，他们没有一人退下火线，坚决服从组织安排，出现在抗震救灾的第一线。在这次救灾活动中，涌现出了许多感人的先进模范：有家在绵阳市，但为了救灾顾不上回家看一眼的榴炮营战士李能师；有为了抗震救灾第五次推迟婚礼的三级士官高明亮；有不顾晚期胃癌在灾区抢救多人的无线班班长钟旺……至于为了抢救老人、儿童而受伤的士兵，那就更多了。他们不怕苦、不怕累，甚至不怕牺牲，以自己身处黄继光生前所在的部队为荣，以能够为人民服务而骄傲。其中，钟旺在接受媒体采访时就说道："黄继光是我们四川德阳人，他是我们黄继光连的骄傲，部队的精神就是靠我们一代一代传下去的，我要向他学习。"

"榜样的力量是无穷的"，早在新中国成立初期，毛泽东同志就代表党中央赞誉全国所有的战斗英雄和劳动模范，称赞他们是"全中华民族的模范人物，是推动各方面人民事业胜利前进的骨干，是人民政府的可靠支柱和人民政府联系广大群众的桥梁"，号召全党和全国人民向他们学习。新世纪新阶段，胡锦涛同志在2005年全国劳动模范和先进工作者表彰大会上指出："一代又一代先进模范人物，以自己的实际行动铸就了爱岗敬业、争创一流，艰苦奋斗、勇于创新，淡泊名利、甘于奉献的伟大劳模精神，用自己的辛勤劳动谱写了可歌可泣的动人赞歌，充分展示了中华民族顽强拼搏、自强不息的崇高品格，充分体现了中国人民与时俱进、开拓创新的时代风貌。"正是有了这么多英雄人物给人们树立了无私奉献的榜样，中华民族的传统美德才得以代代相传，普通士兵、群众才更加有信心和热情战胜困难、服务他人。

身处英雄所在团队，每个人都会被激发出无限的自豪感，继而为了维护这种集体荣誉，严格要求自己，不断学习进步，向英雄看齐。像解放军中赫赫有名的红一师就是一个典范，再"怂"的士兵到了红一师，都会被迅速地磨炼成具有钢铁般意志的优秀战士。战争中，那些主力部队哪怕打得只剩下两三个人了，只要番号还在，即便还有一人在，这支部队就不会垮，补充上来的兵源也会迅速变成强有力的战斗团体。原因无他，榜样的力量使然。

在企业中，榜样的作用同样十分明显。在一个企业中，树立什么样的做人榜样，鼓励什么样的行为方式，既关系到企业的价值观念和企业文化的建设，也关系到员工的激励与管理。这种榜样可以是精神榜样，也可以是现实榜样。一般说来，精神榜样比较感人，比较有号召力，但离我们有些遥远，现实榜样相对好找，但一样有缺憾，比较难以变成典型。

这里所谓的精神榜样是指那些不计个人得失、大公无私、任劳任怨、一心一意努力工作的员工。这些人为了实现自己的远大目标和个人梦想，有时候甚至愿意牺牲短期的（几年或十几年）个人利益，即人们常说的卧薪尝胆。这些人一般都有超常的自我激励能力和耐心，不达目的誓不罢休，所以属于"非凡"的人物，其事迹自然非常感人，甚至有传奇色彩，很容易成为"典型"。但是有一个非常现实的问题，我们很难要求其他人也这样做。

与精神榜样不一样，现实的榜样是那些"凡人"，那些出色且务实的普通员工，这些人工作认真，富有成效，是同行中的佼佼者，但是他们并没有特别的地方。他们给企业作出了巨大的贡献，也是其他人公认的优秀员工。这些人既看重长期利益也兼顾短期利益，而且不想牺牲眼前利益来换取并不确定的长远利益，或者与其他人拉开距离。他们追求的是与企业共同发展，并得到合理的回报。这些人心态比较平和，目标比较现实，是企业依靠的中坚力量。

一般说来，精神榜样比较感人，容易触动人们的心灵，但学起来有一定难度。相比之下，现实榜样就离我们近得多了，员工可以将其作为最直观的参照物，在对比中总结自己的优缺点，扬长避短，取长补短，向榜样们看齐。当然，企业也要给榜样们适度"松绑"，不要给他们太多的压力，以至于产生反效果。

"一个榜样胜过书上二十条教诲"，企业要善于树立榜样，员工要懂得从榜样身上汲取精神力量和学习成功经验，共同为提高企业的团队精神和工作效率而努力。

▶ 看得见的英雄：向身边的人学习

若是不分职业、不分时期、不分背景地看，榜样的数量真是有如天上繁星，数都数不清。那么，我们该从何学起呢？其实，这个问题说复杂也复杂，说简单也简单。最直接、最有效的学习对象莫过于我们身边的人。部队里除了树立无数像张思德、黄继光、雷锋等伟大的精神榜样，也会通过表彰优秀连队、先进个人等方式，为全体官兵寻找"看得见"的英雄，让大家有更好的参照标准与学习对象。

前进的道路上，总有很多人值得学习和记忆。有长辈，有老师，有朋友，有领导。他们各有各的优势，很多方面都值得我们学习。在一个企业中，员工要善于向自己的领导、同事学习。相比之下，他们的成长经历跟自己有着很多相同之处，他们的困难、方法对自己有着较高的警戒和借鉴作用。

首先，员工要善于向领导学习。

在优秀的企业里，领导本身就是优秀的员工。在他们的身上，有着许许多多的品质值得人们学习，如沃尔玛的创始人山姆·沃尔顿本身便是节俭的典型，松下公司的松下幸之助便是无私奉献的模范，中国的李嘉诚更是艰苦奋斗的突出代表……在这些成功者的身上，有着太多太多优秀的品质，值得人们细细品味和认真学习。像华为的许多领导就以身作则，平时和员工们打成一片，吃饭都是上小饭馆或大排档，为了工作经常加班加点。这样的学习榜样离员工们很近，极具说服力。员工们纷纷向他们看齐，把主要精力投入到工作上来，甚至吃饭、休息、聚会时都三句不离老本行，说的始终跟华为有关。有一回，大家聊着聊着，突然有人说：下班了干吗还谈什么华为啊，聊点别的！同志们一下子转聊其他话题。聊着聊着，突然又有人说："刚才不是说不谈华为了吗？怎么又聊起华为来了？来，喝酒，喝酒。"这种素质如果不是员工们真的善于学习、敬业爱岗，是根本不可能出现的。

哪怕是在一些相对平凡的企业里，领导们也有其过人之处，或雷厉风行，或赏罚分明，或平易近人，或认真负责。在他们的身上，员工可以找到自己成功的希冀。总之，领导身上总有过人之处，员工要善于观察和思考他们与众不同的地方，从他们身上学习自己尚不具备的品质。

其次，员工要善于向优秀的同事学习。

公司总会定期、不定期地表彰一批先进的员工，甚至将其中一些人的突出事迹写到宣传栏、印在公司的手册上，向大家宣传。在这些优秀的同事身上，员工们更容易看出自己的不足。他们是明星，却离我们很近；他们是英雄，但并非高不可攀。员工要善于常拿自己跟这些人比，寻思自己为何不能像他们一样优秀：是因为不像他们那么细致认真，还是不像他们那样勤奋好学？是不像他们那么善于思考，还是不像他们那样勤俭节约？总之，优秀同事的身上所焕发出来的优秀品质，都值得其他员工学习。法国有句谚语叫："启事在教诲，成事在榜样。"员工要成为行业中的佼佼者，不妨多向身边的榜样们看齐。

像人们所熟知的海尔里就有"启明焊枪"、"云燕镜子"等先进个人，他们并不见得就是特别聪明的员工，但是他们敬业爱岗，勤于思考与总结，为企业作出了贡献，也给自己带来了荣誉。大发明对大家来说都是比较困难的，但像海尔员工这种着眼于小处、从小事做起的精神却值得每个员工学习。在平时的工作中，员工们就应该多向这样的同事看齐，努力争取企业和自己的共同成长。

最后，员工还要向任何有一技之长的人学习。

古语说得好："三人行，必有我师焉。"别人只要有一点比我好，就是值得我学习的对象。这样的人可能没有多高的学历或过硬的技术本领，但他们具备了其他人不具备的优秀品质，比如忠诚敬业，比如不耻下问。在一些事情上，可能有些岗位平凡的员工做得比其他人都要好，比如几年如一日忠诚老实的仓库管理员。就像卢浮宫收藏着的莫奈一幅画，描绘的是女修道院厨房里的情景。画上正在工作的不是普通的人，而是天使。一个正在架水壶烧水，一个正优雅地提起水桶，另外一个穿着厨衣，伸手去拿盘子——即使是做日常生活中最平凡的事，只要每个人尽力了，也能像天使一般美丽。我们的身边就有许多这样的天使，不知你发现了没有？

美国戴尔公司的创始人迈克·戴尔说："无论我的企业处于什么位置，无论我身处何处，我都对自己说：你是永远的'学生'。"企业的管理者这样，企业的普通员工更应该如此。公司里的老板、同事乃至任何一个人，都可能是自己的老师。保持一颗谦卑、上进的心，可以让你获得长足的进步。

▶ 军史陈列馆的作用：向传统学习

在部队里，随处可见军史陈列馆、军事博物馆、英雄部队荣誉室和英模人物纪念馆，这些地方往往是进行爱国主义和国防教育的重要基地。这些陈列馆室除了对国民进行国防知识、爱国主义等方面的教育之外，还能对所在地部队产生良好的促进作用。

此外，各部队也经常邀请一些老英雄、老战士给官兵们讲述过去的英雄事迹，用传统来感染人、激励人。与此有着异曲同工之妙的是，许多部队以自己昔日的战斗英雄为荣，纷纷申请以英雄的名字命名，用英雄的标准严格要求自己，把传统和现实紧密结合起来。

雷锋牺牲以后，他原来所在的部队在一韩姓政委的提醒下，决定集体签名向连队党支部和上级申请，用雷锋的名字给四班命名。几个月后，也就是 1963 年 1 月 7 日，国防部正式批复同意命名该班为"雷锋班"。同年 3 月 5 日，毛泽东挥笔写下"向雷锋同志学习"，其他一些领导人也相继为雷锋题词，全国掀起了学雷锋的高潮。

被命名为"雷锋班"之后，四班的压力空前加大了，但他们善于化压力为动力，努力向战友看齐。后来"雷锋班"的士兵们继承了这一光荣传统，从雷锋的身上学到了许多东西。雷锋班始终走在学雷锋的前列，是一个人人称模范、年年当先进的光荣集体。他们历任的班长，一个个都是向传统看齐、向雷锋学习的标兵。

雷锋班第一任班长张兴吉是四川省蓬安县人，1963 年 1 月国防部授予他们班为"雷锋班"光荣称号时，他代表全班接过了那面光荣的旗帜，荣幸地见过毛泽东、周恩来、刘少奇、朱德、邓小平等老一辈革命家。第二任班长庞春曾与雷锋共事过，历任汽车教导连连长、机械大队副大队长、股长等职，获三等功两次，1982 年转业后更是以雷锋的标准严格要求自己，获得辽宁省雷锋奖章等。至于第五任班长杨东顺、第六任班长周方和、第七任班长张思荣，都是先后立过八次功的好战士。第十九任班长李有宝更是在 1998 年的抗洪救灾中因表现突出被地方和部队评为先进个人……这样的案例实在太多了，不胜枚举。

设陈列馆在企业中也不少见，像全国闻名的大庆油田就有专门的历史陈列馆。在陈列馆内，人们可以通过大量的照片、文献、音像资料、实物、复原场景等事物，直观地了解大庆油田的开发建设历程。此外，大庆油田还播放配套的《铁人队伍永向前》专题片，对新时期钻井工人的工作和生活情况进行了详细的介绍，方便人们深入地了解与学习。

遥想 20 世纪 60 年代初，面对复杂的国际形势、艰苦的自然环境和困难的物质条件，根据党中央、国务院的战略决策，在石油部党组织的领导下，在全国人民和解放军的大力支持下，大庆人开展了波澜壮阔的石油会战。以铁人王进喜为代表的几万名石油大军，以为国争光、为民族争气的爱国精神，以"宁肯少活二十年，拼命也要拿下大油田"的献身精神，以"有条件要上，没有条件，创造条件也要上"的英雄气概，发愤图强，艰苦创业，仅用三年时间就拿下了大油田，一举甩掉了中国贫油的帽子。

大庆油田已走过了近半个世纪非凡的发展历程，创造了我国石油工业"三个第一"：原油产量第一，累计生产原油 191 亿吨，占同期全国陆上原油总产量的 40% 以上，从 1976 年开始实现年产原油 5000 万吨连续 27 年高产稳产，成为世界同类油田开发史上的奇迹；原有采收率第一，以领先世界的开发技术实现主力油田采收率突破 50%，比国内外同类油田高出 10 ～ 15 个百分点；上缴税费第一，累计达 9734 亿元，连续 7 年位居我国纳税百强企业之首。

大庆石油会战和长期的开发建设实践，不但为国家创造了巨大的物质财富，而且培育了大庆精神和铁人精神，形成了一整套优良的传统和作风，成为包括大庆油田在内的全国企业学习的对象。

如今物质条件改善了，生产技术也有很大提高，石油工人不用再像当年一样幕天席地、啃冷馒头了，但以王进喜为代表的铁人精神、大庆精神却代代传承了下来，并受到了党和国家领导人的重视与倡导。

为了实现稳产高产，大庆人不断加深对油田地质规律的认识，实施"稳油控水"系统工程，依靠科技进步，建成了我国最大的石油生产基地，油田勘探开发技术同"两弹一星"等重大科技成就共同载入中国科技发展史册。

2003年以后，大庆又提出"持续有效发展，创建百年油田"的发展战略，要把大庆油田建设成为以本土开发为基础，以海外业务为补充，以优势技术、一流人才、先进文化为支撑，具有强劲竞争力、成长力、生命力的百年企业。为了保持油田的百年生产和企业的百年成长，他们积极推进技术创新和文化创新，大力推进人才强企、科技兴企战略，不断追求资源探明率最大，油田采收率最高，整体经济效益最优，员工队伍素质最好。现在他们不但保持着全国年产油量第一、油田采收复率第一的桂冠，而且连续五年为全国纳税第一大户，是名副其实的先进企业，也是名副其实的对国家利税贡献最大的企业。

每个成功的企业都有一段发展史，也有许多艰苦奋斗、无私奉献的杰出人物，这是一笔巨大的无形资产。有的企业善于利用这笔资产，而有些企业则让它白白荒废了，两者的结果自然是大不相同的。聪明的管理者和员工应该树立向传统学习、向英雄学习的意识，在过去的历史中寻找前进的精神动力与研究方法。企业和员工只有尊重传统、善于学习，才能更好地展望未来，走向成功。

▶ 永葆激情，争当战斗英雄

人们总是怀念年轻的时候，因为年轻的时候满怀朝气，富有激情。这倒不一定是怀念者青春已逝，而是他在一个地方待久了，丧失了对环境的新鲜感、对目标的热情与追求。一名员工在工作岗位上同样会存在这样的问题，在一个位置上干了三五年，没了新鲜感，又缺乏直接的利益刺激，开始当一天和尚撞一天钟，得过且过。这是极为危险的信号。

几年前，两个乡下女孩来到大城市寻求发展，她们合租了一间房子同住。这两个女孩都因为家境贫困而辍学，但她们希望能在这里找到一份待遇不错的工作，有一天能过上幸福的生活。虽然两人的条件差不多，但她们后来的遭遇迥然不同。

其中一个女孩，一来到这座城市就感觉到自己未来所面临的压力和挑战：她既没有很高的学历，也没有一技之长或者什么出色的地方，在这竞争激烈的环境中，她明白机会不会凭空从天上掉下来。于是，她早早就开始为未来做准备了。最初，她只是在一家宾馆做清洁卫生的工作，但她非常认真，而且利用业余时间到附近的培训学校选修了酒店管理的课程。她还注意矫正自己的乡下口音和一些都市人难以接受的习惯。现在，她已经成了这家宾馆服务部的经理，后来还与一位年轻有为的律师结了婚，她终于得到了她想要的幸福。

另一个女孩却只是安于平凡的现状，虽然明白自己算不上优秀，但也不愿意去提升自己，相反一直沉溺在自己的梦想之中，整天幻想着能突然遇到一个白马王子使自己过上向往的幸福生活。虽然中间也曾有一些不错的小伙子对她产生过好感，但毫无准备的她却只能与这些机会擦肩而过。一直到现在，她的生活还是老样子。

很多人就像故事里所讲的第二个女孩一样，只看到眼前的利益，但缺乏有效的纪律约束和物质奖励，于是便丧失了追求梦想的动力，最终在碌碌无为中度过了自己的大半生。

一名优秀的员工不应该像坐井观天的青蛙一样，眼里只有上方那一小片天空，而应该着眼于更大的目标，把自己的奋斗目标和企业的发展愿景结合起来，把自己的工作岗位同社会的进步发展联系起来。这就像一个人站在更高的台基上一样，尽管自己的身高没有变，但站的地方变高了，视野也因此变得开阔起来。人们在这两种情况下所产生的激情与动力显然是无法相提并论的。这便是有些人能够在平凡的岗位上作出不平凡的业绩，而有些人却永远无法办到的原因。

一名优秀的员工应该常怀一颗感恩的心，把自己的工作同报效祖国、回报社会联系起来。你要相信，在这个社会里，只要你是一名自食其力的劳动者，那么无论你从事的行业有多艰难，你所处在的岗位有多平凡，你的付出总是对这个社会有益的。海尔的工人在拧一颗螺丝钉的时候，绝不是仅仅想到这一个动作有多无聊，或者能够兑换多少人民币，而是想着自己正在为创造国家品牌尽着一份力量！

话说有三位工人正在工地上砌砖头。有人问他们在做什么，他们的回答各不相同：一个说"砌砖"，一个说"赚钱"，而第三个则自豪地回答："我正在建造世界上最美丽的房子。"后来，第三个人成了著名的建筑师，而前两位工人一生默默无闻。这便是所见不同、所想不同的结果。一个心中常想着社会、常怀着梦想的人永远工作得投入，生活得快乐。因为他知道他还有梦想，并且正在为实现它而不断努力着。其实，你只要稍加留意和对比，就会发现那些优秀的企业家和卓越的同事也基本上是这一类人。也正是由于这个缘故，在日常的工作与生活中，员工要善于向自己的领导学习，向自己的同事学习，永远怀着一颗谦卑感恩的心，积极进取，争当职场上的战斗英雄。

最后，让我们重温一下当年吴起镇战斗胜利后，毛泽东同志题给彭德怀的一首诗歌，感受一下战斗英雄的豪情吧！

山高路险沟深，

大军纵横驰奔。

谁敢横刀立马？

唯我彭大将军！

希望在明天的职场上，每名员工都能像解放军战士一样英勇善战，争当敢于横刀立马的"彭大将军"！

石油工业出版社　聚成集团隆重推出
著名实战培训专家 郑博文 先生员工培训课程
《作风就是战斗力》

课程简介

本课程以《作风就是战斗力》一书为蓝本，从剖析现代企业和机构中大量存在着的执行力差、效率低下等表面现象入手，对问题背后的深层根源进行了科学研判，结合古今中外优秀团队，尤其是解放军的团队文化建设等案例，旗帜鲜明地提出了解决方案，即"作风建设"。通过对员工进行团队意识、职业道德、工作态度等方面的精神重建，帮助企业管理者有效地引导员工自觉进行自我绩效管理，激发员工工作热忱，构建优秀企业文化，形成强大的企业竞争力，实现跨越式发展。

课程主讲人	著名实战培训专家 郑博文 先生
课程类别	中层培训、员工培训、企业内训
课程时间	1 天或 2 天
课程对象	企业中层管理者、员工
课程目的	全面优化企业文化，树立优良作风，激发员工的工作热忱，打造精英团队，提升员工和企业的战斗力！

课程要点　你对当前的工作状况满意么？

为什么他们会所向披靡——作风就是战斗力；

学习军事化管理，打造"万岁军"；

构建共同愿景，强化组织管理；

令行禁止，一切行动听指挥；

有情义，敢担当，培养集体荣誉感；

学习无止境，创新永不怠；

优良作风如何来落实；

永葆战斗激情，时刻准备着；

······

培训热线　010-82866688　13522205428 （张先生）

010-64523616　64523645

后 记

本书得以出版，很多人付出了艰辛的努力，在此，要向他们致以崇高的敬意。

感谢石油工业出版社各位领导和老师的帮助，感谢北京华夏书网图书发行有限公司的宿春礼先生、邢群麟先生、陈赐贵先生、梁素娟女士、张乃奎先生，他们对本书的选题策划、内容编撰和配套培训课程的开发提出了建设性的意见，本书的顺利出版离不开他们的大力支持！

本书在写作过程中，还得到以下朋友的关怀和帮助，在此一并向他们致以诚挚的谢意。他们是：欧红梅、周珊、张艳红、赵一、赵红瑾、齐红霞、赵广娜、王非庶、张保文、杜莉萍、王巧、杨婧、张艳芬、许长荣、王爱民、李琳、王鹏、杨英、李良婷、上官紫微、杨艳丽、宋桂花、姚晓维、金望久、刘红强、付志宏、黄克琼、毛定娟、齐艳杰、李伟军、魏清素、何瑞欣、叶光森、王艳坤、徐娜、付欣欣、王艳、黄亚男、曹博、陈小婵、黄文平、李伟、史慧莉、余学军、陈润、李文静、李佳、罗语、蔡亚兰、杜慧、朱夏楠、朱辉、屈金峰、欧俊、王光波、彭丽丽、孟宁、吴迪、肖冬梅、常娟、杨秉慧等。

由于时间仓促及作者水平所限，书中不足之处在所难免，诚请广大读者指正，特致谢意。

郑博文

《作风就是战斗力》

1. 您购买本书的动因(可多选)：

☐ 书名　　　　☐ 封面　　　　☐ 内容　　　　☐ 价格
☐ 装帧　　　　☐ 纸张　　　　☐ 双色印刷
☐ 书店推荐　　☐ 朋友推荐　　☐ 报刊文章推荐
☐ 作者　　　　☐ 出版社　　　☐ 其他＿＿＿＿＿＿＿

2. 您在哪里购买了本书(若是书店请写明书店地址和名称)？

＿＿＿＿＿＿＿＿＿＿＿＿＿＿＿＿＿＿＿＿＿ 购书时间＿＿＿＿＿

3. 您是怎样知道本书的(可多选)？

☐ 报刊介绍＿＿＿＿＿＿(报刊名称)　☐ 朋友推荐＿＿＿＿＿＿＿
☐ 网站＿＿＿＿＿＿＿＿(网站名称)　☐ 书店广告＿＿＿＿＿＿＿
☐ 书店随便翻阅　　　　　　　　　　☐ 其他＿＿＿＿＿＿＿＿＿＿

4. 您对本书印象如何(可多选)？

封面：☐ 新颖　　☐ 吸引眼球　　☐ 一般,没创意　　☐ 不适合本书内容
内容：☐ 丰富　　☐ 有新意　　　☐ 一般　　　　　☐ 较差
排版：☐ 新颖　　☐ 一般　　　　☐ 太花哨　　　　☐ 较差
纸张：☐ 很好　　☐ 一般　　　　☐ 较差
定价：☐ 太高　　☐ 有点高　　　☐ 合适　　　　　☐ 便宜

5. 您对本书的综合评价和建议(可另附纸)：

＿＿＿＿＿＿＿＿＿＿＿＿＿＿＿＿＿＿＿＿＿＿＿＿＿＿＿＿＿＿＿＿＿

＿＿＿＿＿＿＿＿＿＿＿＿＿＿＿＿＿＿＿＿＿＿＿＿＿＿＿＿＿＿＿＿＿

● **您的资料：**

姓名＿＿＿＿＿　性别＿＿＿＿　年龄＿＿＿＿　职业＿＿＿＿＿＿＿
学历＿＿＿＿＿　电话(写明区号)＿＿＿＿＿＿＿　手机＿＿＿＿＿＿
电子邮件＿＿＿＿＿＿＿＿＿＿＿＿＿＿＿＿＿　邮编＿＿＿＿＿＿＿
通信地址＿＿＿＿＿＿＿＿＿＿＿＿＿＿＿＿＿＿＿＿＿＿＿＿＿＿＿

● **我们的联系方式：**

地　　　址：北京安定门外安华里2区1号楼石油工业出版社社会图书中心　　王昕　马泽峰
邮　　　编：100011　　　E-mail：good9112@126.com　　　网址：www.petropub.com.cn
销售部电话：010-64523603　64523604　　　编辑部电话：010-64523616　64523645